AF221871

Band 76
Wilhelm Busch
Eduards Traum
(1891)

Wilhelm Busch
Eduards Traum
(1891)

Band 76
Taschenbuch - Literatur - Klassiker
Herausgeber Frank Weber, Marburg
Bibliografische Information der Deutschen Nationalbibliothek:
Die Deutsche Nationalbibliothek verzeichnet diese Publikation
in der Deutschen Nationalbibliografie;
detaillierte bibliografische Daten sind im Internet abrufbar
über http://dnb.dnb.de
© 2020 Wilhelm Busch
ISBN: 9783751922456
Herstellung und Verlag: BoD – Books on Demand, Norderstedt

Eduards Traum

Wilhelm Busch

Eduards Traum

(1891)

Manche Menschen haben es leider so an sich, daß sie uns gern ihre Träume erzählen, die doch meist nichts weiter sind, als die zweifelhaften Belustigungen in der Kinder- und Bedientenstube des Gehirns, nachdem der Vater und Hausherr zu Bette gegangen. Aber »Alle Menschen, ausgenommen die Damen«, spricht der Weise, »sind mangelhaft!«

Dies möge uns ein pädagogischer Wink sein. Denn da wir insoweit alle nicht nur viele große Tugenden besitzen, sondern zugleich einige kleine Mängel, wodurch andere belästigt werden, so dürften wir vielleicht Grund haben zur Nachsicht gegen einen Mitbruder, der sich in ähnlicher Lage befindet.

Auch Freund Eduard, so gut er sonst war, hub an, wie folgt:

Die Uhr schlug zehn. Unser kleiner Emil war längst zu Bett gebracht. Elise erhob sich, gab mir einen Kuß und sprach:

»Gute Nacht, Eduard! Komm bald nach!« jedoch erst so gegen zwölf, nachdem ich, wie gewohnt, noch behaglich grübelnd ein wenig an den Grenzen des Unfaßbaren herumgeduselt, tat ich den letzten Zug aus dem Stummel der Havanna, nahm den letzten Schluck meines Abendtrunkes zu mir, stand auf, gähnte vernehmlich, denn ich war allein, und ging gleichfalls zur Ruhe.

Eine Weile noch, als ich dies getan, starrt ich, auf der linken Seite liegend, ins Licht der Kerze. Mit dem Schlage zwölf pustete ich's aus und legte mich auf den Rücken. Vor meinem inneren Auge, wie auf einem gewimmelten Tapetengrunde, stand das Bild der Flamme, die ich soeben gelöscht hatte. Ich betrachtete sie fest und aufmerksam. Und nun, ich weiß nicht wie, passierte mir etwas Sonderbares.

Mein Geist, meine Seele, oder wie man's nennen will, kurz, so ungefähr alles, was ich im Kopfe hatte, fing an sich zusammenzuziehn. Mein intellektuelles Ich wurde kleiner und kleiner.

Erst wie eine mittelgroße Kartoffel, dann wie eine Schweizerpille, dann wie ein Stecknadelkopf, dann noch kleiner und immer noch kleiner, bis es nicht mehr ging. Ich war zum Punkt geworden.

Im selben Moment erfaßte mich's, wie das geräuschvolle Sausen des Windes. Ich wurde hinausgewirbelt. Als ich mich umdrehte, sah ich in meine eigenen Naslöcher.

Da saß ich nun auf der Ecke des Nachttisches und dachte über mein Schicksal nach.

Ich war nicht bloß ein Punkt, ich war ein denkender Punkt. Und rührig war ich auch. Nicht nur eins und zwei war ich, sondern ich war dort gewesen und jetzt war ich hier. Meinen Bedarf an Raum und Zeit also macht ich selber, ganz en passant, gewissermaßen als Nebenprodukt.

Flink sprang ich auf und frei bewegt ich mich. Es war eine Bewegung nach Art der Schwebefliegen, die – witsch Rose, witsch Nelke und weg biste! – an sonnigen Sommertagen von Blume zu Blume huschen.

Zuerst mal schwebt ich nach meinem ehemaligen Körper hin. Da lag er; Augen zu, Maul offen, ein stattlicher Mann.

Dann schwebt ich über Elisen.

»Also so« rief ich, »sieht der Vorgesetzte aus, wenn er schläft!« –

Hieraus, meine Lieben, könnt ihr ersehn, wie sehr ich mich im Traume zu meinen Ungunsten verwandelt hatte, indem ich es wagte, so frech und leichtsinnig einen Gedanken auszusprechen, den ich im wachen und kompletten Zustande doch lieber nicht äußern möchte. –

Darauf stand ich einen Augenblick über Emils Bettchen still.

Sein kleines Händchen ruhte unter der Backe; die leere Saugflasche lag daneben.

»Ein hübscher Junge!« dachte ich. »Und ganz der Vater!« –

Ich sehe Euch an, meine Freunde! Der zustimmende Ausdruck auf Eueren lieben Gesichtern beschämt mich, und doch muß ich mir ja sagen, daß Ihr recht habt. –

Obwohl ich nun, wie erwähnt, infolge der traumhaften Isolierung meines Innern alle fünf Sinne, man möchte fast sagen, zu Hause gelassen, kam es mir doch vor, als bemerkte ich alles um mich her mit mehr als gewöhnlicher Deutlichkeit, selbst dann noch, als der Mond, der schräg durchs Fenster schien, bereits untergegangen.

Es war eine Merkfähigkeit ohne viel Drum und Dran, was vielleicht manchem nicht einleuchtet.

Die Sache ist aber sehr einfach. Man muß nur noch mehr darüber nachdenken.

Um mal zu prüfen, ob ich überhaupt noch reflexfähig, flog ich vor den Spiegel.

Richtig! Da war ich! Ein feines Zappermentskerlchen von mikroskopischer Niedlichkeit!

»Wie?« rief ich, »hat man denn, nachdem man seinen alten Menschen so gut wie abgewickelt, doch noch immer was an sich? – Warrrum nicht gaarrrr!«

Hier unterbrach mich plötzlich eine Stimme mit den Worten: *Eduard schnarche nicht so!!*

Nur derjenige, welcher vielleicht mal zufällig durch ein redendes Nebelhorn in seinem Mittagsschläfchen gestört wurde, kann sich eine ungefähre Vorstellung davon machen, wie sehr dies Wort mein innerstes Wesen, man hätte meinen sollen für immer, ins Stocken brachte. Wohl drei ganze Sekunden verliefen, bis ich wieder zu mir selbst kam.

Die Sache hier paßte mir nicht. Ohne Rücksicht auf Frau und Kind beschloß ich auf Reisen zu gehn.

Telegraphisch gedankenhaft tat ich einen Seitenwitscher direkt durch die Wand, denn das war mir wie gar nichts, und befand mich sofort in einer freundlichen Gegend, im Gebiete der Zahlen, wo ein hübsches arithmetisches Städtchen lag. –

Drollig! Daß im Traume selbst Schnörkel lebendig werden! – Der Morgen brach an. Einige unbenannte Ackerbürger vor dem Tore bearbeiteten schon zu so früher Stunde ihr Einmaleins. Diese Leutchen vermehren sich schlecht und recht, und wenn sie auch nicht viel hinter sich bringen, so wollen sie auch nicht hoch hinaus.

Mehr schon auf Rang und Stand geben die städtischen Beamten. Man sprach viel über eine gewisse Null, die schon manchem redlichen Kerl im Wege gestanden, und wenn einer befördert würde, sagten sie, der's nicht verdient hätte, dann steckte, so gewiß, wie zwei mal zwei vier ist, die alte intrigante Null dahinter.

Im Villenviertel hausen die Vornehmen, die ihren Stammbaum bis in die ältesten Abc-Bücher verfolgen können.

Ein gewisser x ist der Gesuchteste von allen, doch so zurückhaltend, daß täglich wohl tausend Narren nach ihm fragen, ehe ein Weiser ihn treffen kann.

Andere sind fast zudringlich zu nennen. Zwei, denen ich auf der Promenade begegnete, stellten sich mir gleich zweimal vor. Erst der Herr a und dann der Herr b und dann der Herr b und drauf der Herr a, und dann fragten sie mit süffisanter Miene, ob das nicht ganz gleich sei, nämlich $a + b = b + a$?

»Mir schon!« gab ich höflich zur Antwort. Und doch wußt ich nur zu gut, daß die Sache, wenigstens in einer Beziehung, nicht richtig war.

Aber solch kleine Ungenauigkeiten aus verbindlicher Rücksicht können auch im Traume wohl mal vorkommen. –

Ich begab mich auf den Markt, wo die benannten Zahlen ihr geschäftliches Wesen treiben.

In glitschiger Eile kam mir eine Wurst im Preise von 93 Pfg. entgegengelaufen. 17 Schneidergesellen, die mit gespreizten Beinen, gespreizten Scheren und gespreizten Mäulern hinter ihr her waren, faßten sie beim Zipfel. Sie hätten ihr Geld bezahlt, schrien sie, und nun wollten sie schnippschnapp dividieren.»Das geht ja nicht auf!« keuchte die Wurst, welche Angstfett schwitzte, denn die begierigen Schneider hatten sie bereits angeprickelt mit ihren Scheren; macht 34 Löcher. Jetzt kam ein rechenkundiger Schreiber dazu. Er trug eine schwefelgelbe Hose zu 45 Pfg. die Elle, einen gepumpten Frack und einen unbezahlten Zylinder. Sofort stellte er eine falsche Gleichung auf und brachte dabei die Wurst auf seine Seite. Die Schneider verstanden das schlecht. Sie kürzten ihm den Schniepel, sie schnitten ihm die Knöpfe von der Hose, sie trennten die Hinternaht auf, und wär er nicht eilig, unter Zurücklassung der Wurst, in ein unendlich kleines Nebengäßchen entsprungen, sie hätten ihn richtig aufgelöst. Nun aber, als sie eben wieder die Wurst ins Auge faßten, erhub sich ein neues Geschrei. Es war die Metzgersgattin = 275 Pfund Lebendgewicht. Sie hätte kein Geld gesehen, tobte sie, und 93 Pfg. gleich so nur in den rauchenden Schornstein zu schreiben, das ginge gegen ihr menschliches Defizit. Sofort, gegen die runde Summe ihres empörten Busens gerichtet, erklirrten die Scheren der beleidigten Schneider. Der Lärm war groß. Die Menge wuchs.

50 Stück gesalzene Heringe, ½ Schock Eier, 3 Dutzend Harzkäse, 1 Pulle Schnaps, ¾ Pfund Amtbutter, 6 Pfund Bauernbutter, 15 Lot Schnupftabak und zahlreiche Ditos vermehrten den Aufruhr. Hart bedrängt von den spitzigen Scheren der Schneider, tat die Metzgerin einen Rückschritt. Sie tritt auf die ¾ Pfund Amtbutter, gleitet aus, setzt sich in die 6 Pfund Bauernbutter, zieht im Fallen 2 Lot Schnupftabak in die Nase, in jedes Loch eins, muß niesen, schlägt infolgedessen einen Purzelbaum vornüber, zerdrückt 3 Harzkäse und die Schluckpulle und trifft mit ihren zwei schwunghaften Absätzen zwei Heringe dermaßen auf die Bauchflossen, daß ihnen ihre zwei armen Seelen aus dem Leib rutschten, wie geschmiert. Plötzlich, als die Verwicklung am schwierigsten schien, zerstreut sich die Menge. Eine überwiegende Größe, der Stadtsoldat, ist hinzugekommen. Schleunig drücken sich die Heringe in ihre Tonne; die Schneider, mit den noch schnell erwischten zwei Seelen, machen sich dünne; die Käse verduften; der Schnupftabak verkrümelt sich; aber sämtliche Eier, die nun doch weniger gut rochen, als man's ihnen bei Lebzeiten allgemein zugetraut, verquirlt mit den sonst noch Verdrückten und Verunglückten, blieben zermatscht auf dem Platze; während die Metzgersfrau, die inmitten der ganzen Bescherung saß, die erschlage Wurst in der erhobenen Rechten schwang und in einem fort plärrte: »Es gibt keine Richtigkeit mehr in der Stadt, und das sag Ich!«, bei welcher Gelegenheit ihr die zwei Lot Schnupftabak wieder aus der Nase liefen, aus jedem Loch eins, und auch noch glücklich entwischten. Der Stadtsoldat, seiner Aufgabe völlig gewachsen, notierte sich die entseelten Heringe, behielt die Käse, die Butter und die Glasscherben einfach im Kopfe, addierte Frau und Wurst, setzte sie in Klammern und transportierte sie auf die Stadtwaage, wo man richtig die eine zu schwer, die andere zu leicht erfand. Subtraktion war die gerichtliche Folge. Die Wurst wurde abgezogen für den Fiskus, der Rest, wegen Verleumdung der Obrigkeit, dreimal kreuzweis durchgestrichen, und zwar mit Tinte, der brave Stadtsoldat dagegen vom unendlich großen Bürgermeister noch selbigen Tages zur dritten Potenz erhoben.

Übrigens schwebten vor der Verrechnungskammer gleichzeitig noch mehrere Fälle, die ebenso prompt erledigt wurden.

Jugendliche Schiefertafelschnitzer verknurrte man einfach zur Durchwischung mit Spucke; schon ältere in Blei zur eindringlichen Radierung mit Gummi, erstmalig mit weichem, bei Wiederholung mit hartem.

Was aber die weiblichen Additionsexempel anbelangt, deren sehr viele vorgeführt wurden, so mußten sie allesamt freigesprochen werden, weil sie sämtlich ihr geistiges Alibi nachweisen konnten.

Es fanden sich hübsche Lustgärten in dieser Stadt und Obstbäume voll goldener Prozentchen, und auf und nieder an papierenen Leitern stiegen die Dividenden, und einige fielen herunter, und dann rieben sie sich die Verlustseite und hinkten traurig nach Hause.

Kummer und Elend gab's auch sonst noch genug. An allen Straßenecken hockten die gebrochenen Zahlen; arme geschwollene Nenner, die ihre kleinen schmächtigen Zählerchen auf dem Buckel trugen und mich flehentlich ansahn. Es ließ mich kühl. Ich hatte kein Geld bei mir; aber wenn auch, gegeben hätt ich doch nichts.

Ich hatte meine Natur verändert; denn daß es mir sonst da, wo die Not groß ist, auf zwei Pfennige nicht ankommt, das wißt Ihr, meine Lieben!

Es mochte so nachmittags gegen fünf Uhr sein, als ich weiterreiste und, eine unbestimmte Gegend durchstreifend, auf der Gemeindetrift anlangte, wo grad das Völklein der Punkte sein übliches Freischießen feierte. Schwarz war heute der Punkt, worauf's ankommt, und Tüpfel war Schützenkönig.

Je kleiner die Leute, je größer das Pläsier. Alles krimmelte und wimmelte durcheinander, wie fröhliche Infusorien in einer alten Regentonne.

Im Zelte ging's hoch her. Mit mückenhafter Gelenkigkeit wirbelten die »denkenden Punkte« mit ihren geliebten kleinen Ideen über den Tanzboden dahin. Auch ich engagierte eine, die schimmelte, ein simples Dorfkind, und walzte ein paarmal herum mit ihr.

Noch gewandter und windiger als wir, und das will doch was sagen, trieben die nur gedachten, die rein mathematischen Punkte ihre terpsichorischen Künste. Sie waren aber dermaßen schüchtern, daß sie immer kleiner und kleiner wurden, je mehr man sie ansah; ja, einer verschwand gänzlich, als ich ihn schärfer ins Auge faßte. –

Gelungene Burschen, diese Art Punkte! Der alte Brenneke, mein Mathematiklehrer, pflegte freilich zu sagen:»Wer sich keinen Punkt denken kann, der ist einfach zu faul dazu!« Ich hab's oft versucht seitdem. Aber just dann, wenn ich denke, ich hätt ihn, just dann hab ich gar nichts. Und überhaupt, meine Freunde! Geht's uns nicht so mit allen Dingen, denen wir gründlich zu Leibe rücken, daß sie grad dann, wenn wir sie mit dem zärtlichsten Scharfsinn erfassen möchten, sich heimtückisch zurückziehn in den Schlupfwinkel der Unbegreiflichkeit, um spurlos zu verschwinden, wie der bezauberte Hase, den der Jäger nie treffen kann? Ihr nickt; ich auch. –

Mehr behäbig, so fuhr Freund Eduard in der Erzählung seines Traumes fort, als diese gedachten Punkte zeigten sich die gemachten in Tusche und Tinte. Sie saßen still und versimpelt auf ihren Reißbrettern an der Wand herum und freuten sich, daß sie überhaupt da waren.

Die kritischen Punkte dagegen, mit ihren boshaften Gesichtern, standen natürlich jedem im Wege. Einer von ihnen, ein besonders frecher, trat einer noch hübsch jugendlichen Idee auf die Schleppe und zugleich ihrem denkenden Herrn dermaßen aufs Hühnerauge, daß ihm die Gründe stockten, sein Geschrei also losging. Da sämtliche Streit- und Ehrenpunkte, deren viele zugegen, sich dreinmischten, so gab's einen netten, aufgeweckten Skandal, der alle erfreute, welche dabeistanden. Der Kontrapunkt ließ weiterblasen. Ich wandte mich einer entfernteren Gesellschaft zu.

Es waren Atome, die eben zur Française antraten. Mit großer Sicherheit tanzten sie ihre verzwickten molekülarischen Touren durch, und als sie aufhörten und sich niedersetzten, war's allen hübsch warm geworden. Sie sind nicht so stupid, wie man sonst wohl zu glauben pflegt, sondern haben ihre interessanten und interessierten Seiten, so daß selbst so was wie ein zärtliches Verhältnis zwischen ihnen nicht selten ist.

Eine ihrer Damen kam mir bekannt vor. Wo hatt ich sie nur gesehen? Richtig! Bei Leibnizens. Die alte Monade, und ordentlich wieder jung geworden! Schon hat auch sie mich erkannt. Sie fliegt auf mich zu, sie umklammert mich mit ihren mageren Valenzen, sie preßt mir einen rotglühenden Kuß auf die Lippen und ruft schwärmerisch: »Mein süßer Freund! Oh, laß uns ewig zusammenheften!«

Ich verhielt mich abstoßend. Mit unglaublicher Schnelligkeit schoß ich oben durchs Zeltdach und eilte sodann, nicht ohne ängstliche Rückblicke, in die möglichste Ferne hinaus. Wie sich zeigte, nicht ganz allein.

Dicht neben mir ließ sich ein kümmerliches Hüsteln vernehmen. Es war der mathematische Punkt, den ich vorhin zu fixieren versuchte. Zu Hause, so klagte er lispelnd, brächte er's doch zu nichts. Nun wollte er mal sehn, ob dort drunten in der geometrischen Ebene für ihn nichts zu machen sei.

Da lag sie vor uns, die Horizontalebene, im Glanze der sinkenden Abendsonne. Kein Baum, kein Strauch, kein Fabrikschornstein ragte draus hervor. Alles flach, wie Judenmatzen, ja noch zehntausendmal flacher; und doch befanden wir uns am Eingang eines betriebsamen Städtchens, welches nur platt auf der Seite lag.

Das Tor, welches wir passieren mußten, hatte nur Breite, aber nicht die mindeste Höhe. Es war so niedrig, daß ich mir, obgleich ich mich bückte, doch noch die Glatze etwas abschabte, und selbst mein winziger Begleiter konnte nur eben drunter durch. Er fand noch am selben Abend eine Anstellung bei einem tüchtigen Geometer, der ihn sofort in die Reißfeder nahm, um ihn an den Ort seiner künftigen Wirksamkeit zu übertragen, wozu ich ihm besten Erfolg wünschte. Ich selber suchte, da es schon spät, eine naheliegende Herberge auf.

Hier nun trat mir zum ersten Mal in Gestalt des Herrn Oberkellners eine richtige mathematische grade Linie entgegen. Etwas Schlankeres gibt's nicht. Mir fiel dabei ein, was Peter, mein kleiner Neffe, mal sagte.

»Onkel Eduard!« sagte er. »Ein Geist muß aber recht mager sein, weil man ihn gar nicht sieht!«

Und wie lächerlich dünn so ein mathematischer Strich ist, das sah ich so recht des Nachts, als ich zu Bette gegangen. In der Kammer nebenan schliefen ihrer dreißig in einer Bettstelle, die nicht breiter war als ein Zigarrenetui, und doch blieb noch Platz übrig. Freilich, erst schalten sie sich, denn es war ein Pole dabei, der an unruhigen Träumen litt und sich viel hin und her wälzte, bis sie ihn schließlich durch zwei Punkte festlegten; dann gab er Ruh. Ich bemühte mich, seinen Namen auszusprechen: »Chrr Chrrr – Chrrrrr –«

Im selben Augenblick ließ sich wieder die Stimme vernehmen: *Eduard schnarche nicht so!!* Ich fuhr heftig zusammen. Aber während ich das erste Mal fast volle drei Sekunden nötig hatte, um mein inneres Gleichgewicht wiederzufinden, braucht ich diesmal kaum zwei; dann ging ich schon wieder meinen gewohnten Gedanken nach, als sei weiter nichts vorgefallen.

Vielleicht, meine Freunde, möchte nun dieser oder jener unter Euch geneigt sein, von mir zu erfahren, woher die erwähnte Stimme denn wohl eigentlich kommen konnte. Darauf erwidere ich, daß ich in der Regel vielzuviel Takt besitze, um auch nur die allergeringste Mitteilung über Dinge zu machen, die keinen andern was angehn. Entschuldigt meine Entschiedenheit! –

Am nächsten Morgen besah ich mir die Stadt. Selbstverständlich muß jedermann platt auf dem Bauche rutschen. Vornehme und Geringe sind auf den ersten Blick nur schwer zu unterscheiden, und wer genötigt ist, höflich zu sein, muß riesig aufpassen; denn da nichts Höhe hat, also gar keinen Schatten wirft, so erscheint vorläufig jeder, auch der quadratisch Gehaltvollste und Eckigste, der einem begegnet, als gewöhnlicher Strich.

Natürlich zieht der Mangel an Schatten auch den Mangel an Photographen nach sich, und so müssen denn die Leute den schönen Zimmerschmuck entbehren, wofür wir unserseits diesen Künstlern so dankbar sind. Aber man behilft sich, so gut es geht. Man läßt seinen Schreiner kommen; man läßt sich ausmessen; er macht einen kleinen proportionalen Abriß in das Album des betreffenden Freundes, notiert den wirklichen Quadratinhalt nebst Jahr und Datum in die Mitte der werten Figur, und das Andenken ist fertig.

Was nun das ewige Rutschen betrifft, so wollte mir ein Eingeborener, der durchaus treuherzig und vollkommen glaubwürdig aussah, die feste Versicherung geben, daß es, obwohl hier jeder von Haus aus unendlich dünn sei, doch einige Briefträger gäbe, die sich mit der Zeit so abgeschabt hätten, daß sie auf ihre alten Tage nur halb so dünn wären wie möglich.

Dies schien mir bemerkenswert wegen der Kongruenz. Denn erwies sich die Angabe als richtig, so war eine tatsächliche Deckung ganz gleicher Figuren, welche mir bei den äußerst gedrückten

Ortsverhältnissen unmöglich schien, doch unter Umständen nicht ausgeschlossen. Ich erkundigte mich nach dem Kongruenzamte, eine Einrichtung, die ungefähr unserm Standesamte entsprechen würde. Da mir niemand Auskunft zu geben vermochte, wandte ich mich direkt an den Magistrat.

»Solche Dummheiten«, hieß es, »machen wir hier nicht. Die das wollen, müssen sich gefälligst in die dritte Dimension bemühn, und die Symmetrischen erst recht!«

Ihr altes Ratszimmer war ungemein dumpf und niedrig. Daher empfahl ich mich umgehende mit einem lustigen Vertikalsprunge nach oben durch den Plafond und atmete auf im dreidimensionalen Raume, wo stereometrische Freiheit herrschte, wo der Kongruenz räumlich gleichgestimmter Paare keine Ehehindernisse im Wege standen.

So dacht ich. Aber Ausnahmen, wie überall, gab's leider auch hier.

Grad kamen zwei sphärische Dreiecke, eins genau das geliebte Spiegelbild des andern, sehr gerötet vom Kongruenzamte, wo man sie abgewiesen. Sie trug ein schön krumm gebügeltes Sacktuch von unendlich durchsichtigem Batist und weinte die landesüblichen Tränen, gleich niedlichen Seifenbläschen, die der Zephir entführte.

Ein Paar unendlich feiner Handschuhe, ein linker und ein rechter, er Brautführer, sie Kranzjungfer, versuchten ihr Trost zu spenden, indem sie sagten: Ihnen ginge es ja auch so, und wenn alle Stricke rissen, dann könnte man ja immer noch durchbrennen in die vierte Dimension, wo nichts mehr unmöglich sei.

»Ach!« schluchzte die Braut. »Wer weiß, wie es da aussieht!« Und ihre Tränen säuselten weiter.

Fürwahr, ein herbes Schicksal! Aber, meine Freunde, seien wir nicht zu voreilig mit unserem sonst löblichen Mitgefühl. Es war alles nur Getus.

Nämlich die Bewohner dieses unwesentlichen Landes sind hohl. Es scheint Sonne und Mond hindurch, und wer hinter ihnen steht, der kann ihnen mit Leichtigkeit die Knöpfe vorn an der Weste zählen. Einer durchschaut den andern; und doch reden diese Leute, die sich durch und durch kennen, die nicht so viel Eingeweide haben wie ein ausgepustetes Sperlingsei, von dem edlen Drange ihres Inneren und sagen sich darüber die schönsten Flattusen.

Ja, einer war da, der wollte behaupten, er hätte einen fünf Pfund schweren Gallenstein und verfluchte sein Dasein und schnitt Gesichter, und seine Familie sprang nur so, wenn er pfiff, und tat ganz so, als wär's so, und seine Nachbarn machten ihm Kondolenzvisiten unter kläglichem Mienenspiel.

Wie heuchlerisch man hier ist und zugleich wie wesenlos, das bewiesen so recht zwei alte Freundinnen, die sich in den Tod nicht ausstehn konnten, und nun, nach langer Trennung, sich wieder begegneten. Sie küßten sich so herzlich und durchdringend, daß ihnen die gegenseitigem Nasen eine Elle lang hinten aus den gegenseitigem Chignons hervorstanden.

Schwere gab's hier nicht. Man bewegt sich am Boden oder in der Luft, gleichviel, mit einer unabhängigen Leichtigkeit, wie sie nur bei solch rein förmlichen Blasengestalten und Windbeuteln sich denken läßt.

Ich sah einen neckischen alten Geißbock, der turmhohe Sätze machte. Und was die Flöhe sind, wer da nicht aufpaßt beim ersten Griff, weg hupfen's bis in die Wolken.

Zwar hupfen konnt ich auch, wie nur einer. Aber mit mir war das was anderes. Ich hatte Fond. –

Wie Ihr seht, meine Lieben; eine Ausrede zugunsten der eigenen Vortrefflichkeit stellt selbst im Traume sich ein! –

Übrigens hatt ich die leeren Gestalten dieser eingebildeten Welt jetzt satt gekriegt und beeilte mich wegzukommen. Am Ausgange wurde ich mit einer fetten Baßstimme von einem Unbekannten angeredet, der so rund und dick war, daß er die ganze Türe versperrte.

Er entpuppte sich als mein ehemaliger Reisebegleiter, das mathematische Pünktchen.

Durch eine gewandte Drehung in der Ebene hatte er's dort bald zu einem umfangreichen Kreise gebracht, war darauf in den dreidimensionalen Raum ausgewandert, hatte sich hier durch ähnliche Umtriebe zur wohlbeleibten Kugel entwickelt und wollte sich nun mit Hilfe eines geeigneten Mediums materialisieren lassen, um dann später, ein Streber wie er war, als Globus an die Realschule zu gehn.

Aus dem nichtssagenden Kerlchen war ein richtiger Protz geworden, der mich behaglich wohltuend zu behandeln gedachte.

Da ich mir das aber von einem bloß aufgeblasenen Punkte, denn das sind alle seinesgleichen, nicht gefallen lassen wollte, so tat ich, ohne mich weiter zu verabschieden, einen eleganten Seitensatz durch die Bretterwand, hinter welcher, so meint ich, die vollständige Welt lag. Es war aber nur Stückwerk.

Zunächst geriet ich in ein Kommunalwesen von lauter Köpfen, die sich auf der Höhe eines Berges in einem altdeutschen Gehölze eingenistet hatten. Hinter jedem Ohre besitzt jeder einen Flügel; eine zweckentsprechende Umbildung des bekannten Muskels, den wir Kopfnicker nennen. An den Sümpfen herum sitzen die Wasserköpfe, blinzeln träge mit den Augen und lassen sich die Sonne ins Maul scheinen. Querköpfe, welche die Eitelkeit ihrer Meinung besitzen, streiten und stoßen sich in der Luft herum; fast jeder hat Beulen grün und blau. Sie leben von Wind. Was sie sonst brauchen, verdienen sie sich als Redner und Bänkelsänger. Zum Ohrfeigen, zum Hinausschmeißen, zum Balbieren und Frisieren mieten sie sich die geeigneten Hände; ebenso, um sich die Nase putzen zu lassen, was besonders kostspielig, wenn einer den Schnupfen hat. Hosenstoffe gebrauchen sie nicht. Manche sind niedlich. Ihrer zwei, ein Männchen und ein Weibchen, saßen zärtlich zusammengeschmiegt in einem Baum voll grüner Notenblätter und sangen das schöne Duett:»Du hast mein Herz und ich das deine«, und wie's weiter geht. Etwas tiefer am Berg hinab, in Hütten und Krambuden, leben, weben und schweben die Hände apart für sich. Sie sind teils Schreiber und Schrupper und sonst dergleichen für die Köpfe weiter oben, teils Strumpfwirker und Streichmusikanten und sonst dergleichen für die Füße, die unten im Tale hausen. Ihre Geschicklichkeit ist mitunter nicht unerheblich. Ein Barbier, der mit wenig Seife viel Schaum schlagen konnte, war kürzlich unter die Literaten gegangen. Er hatte großen Erfolg, wie ich hörte, trug bereits drei Brillantringe an jedem Finger und wollte sich demnächst mit einer Köchin verheiraten, die ohne Schwierigkeit ein einziges Eiweiß zu mehr als fünfzig Schaumklößen aufbauschte, also auch noch was leisten konnte. – Übrigens muß ich sagen, meine Freunde, prätendierten eigentlich diese sich immerhin nicht als ganz unreell aufspielenden Extremitäten ein recht unverschämt unbefangenes Dasein. Das lästige Gummibändel z. B., womit sonst die Frackschöße aller Dinge hienieden, kein Mensch weiß wie, am Kernpunkt der Erde haften, schienen sie gänzlich zu ignorieren, während die Köpfe wenigstens Flügel hatten. Und doch fiel mir's nicht auf in meinem Traume, und doch hielt ich mich für sehr scharfsichtig, und doch war ich's oft gar nicht; genau so, wie's uns geht, wenn wir wachen.

Eben, als ich mich von hier entfernt hatte, umwölkte sich der Himmel. Es donnerte und blitzte. Es war eins jener schrecklichen Unwetter, die dem Wanderer, dem Mitgliede des Alpenklubs, der auf steilen Pfaden ohne Führer herniedersteigt, so häufig verderblich werden. Meiner Wenigkeit dagegen war es sogar ganz lieb, als mich nun plötzlich ein heftiger Windstoß ins Tal entführte, wo das heiterste Wetter herrschte.

Auf einem sanft ansteigenden Wiesenflecke, umgeben von zopfigen Hecken, tanzten die zierlichsten Füße in rosa Trikot ein anmutiges Kunstballett. Einige fette Hämmel, wie auch viele kleine Meerschweinchen, sahen zu, und zwei größere Zunftverbände von wohlgeleiteten Händen sorgten für Musik und ergiebigen Beifall.

Noch ehe das Stück zu Ende, verließ ich das Gebiet der aparten Körperteile vermittelst eines parabolischen Sprunges über die benachbarten Berge in die gewöhnliche Welt hinein, wo jeder seine gesunden Gliedmaßen beieinander hat.

Wohl zehn Meter hoch schwebt ich nun über einem regelmäßig karierten Ackergefilde, in dessen Mitte ein freundliches Dörfchen lag.

Es war Sommer. Schon zog hie und da auf sanft bewegter Luft ein silbernes Fädchen dahin.

Auf eins derselben ließ ich mich nieder, neben einer kleinen verschrumpften Spinne, die, kaum daß sie mich bemerkt hatte, sich auch schon gedrungen fühlte, mich mit der Geschichte ihres Lebens zu beglücken.

Einst, so fing sie an zu wehmüteln, vor circa zweitausend Jahren, da sei sie eine ungewöhnlich reizende Walküre gewesen, hochsausend auf stolzem Roß und beliebt bei den Mannsleuten. Dann, als sie alt geworden, habe sich keiner mehr um sie bekümmert, außer der Teufel. So wäre sie zur Hexe geworden und wär durch die Lüfte geritten auf dem Besenstiel, in böswilliger Absicht.

Aber selbst der Teufel, nachdem sie ihren tausendsten Geburtstag gefeiert, sei ihr nicht treu geblieben. Da habe sie den Salbentopf hergekriegt und habe sich wirkungsvoll murmelnd in eine Spinne verwandelt und sich dann rückwärts dies Luftschiff verfertigt und segle mit gutem Winde all die Zeit her, und wenn die Leute riefen: Altweibersommer!, so sei ihr das schnuppe. Apa!

»Madam!« sprach ich. »Sie haben was durchgemacht. Reisen Sie glücklich!«

Damit sprang ich ab und setzte mich auf den vorstehenden Ast einer stattlichen Linde.

Drunten am Boden kneteten zwei Bauernknaben schöne Klöße aus Lehm, den sie selber befeuchtet hatten. Ein Zwist brach aus. Sie klatschten sich ihr Backwerk auf die beiderseitigen Nasen, und die Töne, die sie dabei ausstießen, lauteten a! e! i! o! u!

Im Wipfel saß ein liebendes Taubenpärchen. Oben hoch drüber kreiste spähend ein Habicht. »Nurdu, nurdu!« girrte zärtlich der Täuberich. »Hihi!« kreischt der Habicht und hat ihn. In Anbetracht der soeben vernommenen Naturlaute schickte ich mich an, eine wichtige Bemerkung zu machen.

»Der Urrsprrung der Sprrraaache« – fing ich an –

Eduard schnarche nicht so!

unterbrach mich schon wieder die Stimme. Ich fuhr zusammen. Doch während ich das vorige Mal fast zwei volle Sekunden nötig hatte, um meine Haltung wiederzugewinnen, braucht ich diesmal nur eine.

Als ich mich gesammelt hatte, saß ich auf der Spitze eines Grashalms am Rande eines Teiches, der inmitten eines hübschen Gehöftes lag. Drei lebenslustige Fliegen schwärmten dicht über dem Wasser. Drei genußfrohe Fischlein erschnappten sie. Indem, so schwammen drei Enten herbei. Jedwede erfaßte ein Fischlein beim Frack, erhob den Schnabel und ließ es hinunterglitschen ins dunkle Selbst hinab. Die erste hieß Mäs, die zweite hieß Bäs, die dritte hieß Tricktracktrilljäs. Diese letztere nun, um den Grund des Wassers zu erforschen, nahm eine Stellung an, wobei sich der Kopf nach abwärts richtet.

»Guck mal!« schnatterte die Frau Mäs der Frau Bäs ins Ohr. »Was hat unsere Frau Tricktracktrilljäs für ein dickes Gesäß!«

Hätten sie ahnen können, was die nächste Zukunft unter der Schürze trug, sie hätten wohl nicht so lieblos geurteilt über die körperlichen Verhältnisse einer Freundin, welche nun bald ebenso tot sein sollte wie sie selber. Die freundliche Bauersfrau nämlich trat aus der Türe des Hauses, lockte unter dem Vorwande von Brotkrumen die Schnabeltiere in den Küchenraum und hackte ihnen die Köpfe ab. Sie hackte sich aber auch, weil sie natürlich mal wieder zu hastig war, dabei in den Zeigefinger. Das Beil war rostig. Der Finger verdickte sich. Schon zeigten sich alle Symptome einer geschwollenen Blutwurst.

Der Doktor kam. Er wußte Bescheid. Erst schnitt er ihr den Finger ab, aber es half nicht; dann ging er höher und schnitt ihr den Ärmel ab, aber es half nicht; dann schnitt er ihr den Kopf ab, aber es half nicht; dann ging er tiefer und schnitt ihr die Trikottaille ab, und dann schnitt er ihr die wollenen Strümpfe ab, aber es half nicht; als er aber an die empfindlichen Hühneraugen kam, vernahm man einen durchdringenden Schrei, und im Umsehn war sie tot.

Der Bauer war untröstlich; denn das Honorar betrug 53 Mk. 75. Der Doktor steckte das Honorar in sein braunledernes Portemonnaie; der Bauer schluchzte. Der Doktor steckte sein braunledernes Portemonnaie in die Hosentasche; der Bauer sank auf einen geflochtenen Rohrstuhl und starrte seelenlos in die verödete Welt hinaus.

Der Doktor besaß Takt. Andante ritt er vom Hofe weg, und erst dann, als er die Landstraße erreichte, fing er scherzando zu traben an, und zwar englisch. Er wußte noch nicht, daß seine Hosentasche im stillen ein Loch hatte.

Inzwischen begab sich der betrübte Witwer in den Schweinestall und besah seine Ferkeln. Es waren ihrer dreizehn, à Stück 22 Mk. Seine Tränen flossen langsamer. Als er wieder ins Freie trat, war er ein neuer Mensch geworden.

Ich flog ins Nachbarhaus.

Der Landmann, welcher hier wohnte, war ein Vetter des vorigen. Er hackte Holz entzwei, während seine Gemahlin sich mal eben entfernt hatte, um im nahen Gebüsch für die Meckerziege ein schmackhaftes Futter zu pflücken.»Oh, meine Mamme ist weg!« schrie das Kind und kam aus dem Hause gelaufen und weinte sehr heftig.

»Da weinst du über!« sprach der besonnene Vater. »Mach dich doch nicht lächerlich!« –

Dieser Vater, so scheint's, hatte bereits den Gipfel der ehelichen Zärtlichkeit erklommen, wo die Schneeregion anfängt.

Ich flog ins Nachbarhaus.

Der Landmann, welcher hier wohnte, war ein Onkel des vorigen. Soeben, mit dem Stabe in der Hand, von einem erfolgreichen Besuche der Schenke zurückkehrend, betrat er das Zimmer, wo ihn seine zahlreiche Familie voller Spannung erwartete. Er warf seinen Hut auf die Erde und rief: »Wer ihn aufhebt, kriegt Hiebe, wer ihn liegen läßt, auch!« Er war ein höchst zuverlässiger Mann. Er hielt sein Wort. –

Ach, meine Lieben! Wie oft im Leben wirft uns das Schicksal seinen tragischen Hut vor die Füße, und wir mögen tun, was wir wollen, Verdruß gibt's doch. –

Ich flog ins Nachbarhaus.

Im Kuhstall, den er soeben gereinigt, steht ein denkender Greis. Er schließt die Luke. »Merkwürdig!« sprach er und stützte das Kinn auf die Mistgabel. »Merkwürdig! Wenn man die Klappe zumacht, daß es dann dunkel wird!« Und so stand er noch lange und dachte und dachte; als ob es nicht schon Sorgen genug gäbe in der Welt, auch ohne das. Und es war sehr düster in diesem Kuhstalle.

Ich flog ins Nachbarhaus.

Die hübsche stramme Bäuerin hat ihr hübsches strammes Bübchen auf dem Schoße liegen, sein Gesichtchen nach unten gekehrt. Sie lüftet ihm das Hemdchen; sie reibt ihm den Rücken; er strampelt mit den Beinen vor lauter Behagen. »Oh, tu tu tu mit tein ticken tinketen Popösichen!« so ruft sie in mütterlich-kindischem Stoppeldeutsch; und während sie dies tut, gibt sie dem Herzensbengel bei jedem Worte einen klatschenden Schmatz auf die rosigen Hinterbäckchen. –

Ach, meine Freunde! Wie viel Liebes und Gutes passiert uns doch in der Jugend, worauf wir im Alter nicht mehr mit Sicherheit rechnen dürfen! –

Ich flog ins Nachbarhaus.

Ein zehnjähriger Junge kommt grad aus der Schule, und noch ganz rot vor Begeisterung ruft er: »Höre mal, Vater! Unser Schulmeister hat aber einen ganz verflixten Stock. Hier vorne schlägt er hin und da hinten kneift es!!«

Dieser heimtückische Stock stammte vermutlich aus der nämlichen Hecke, wo die abscheulichen Menschen ihre ironischen Gerten schneiden, die auch immer so hintenherum kommen. Ein treuherziger Mensch tut so was nicht. –

Ich flog – doch der Abwechslung wegen will ich lieber mal sagen: ich schwirrte.

Ich schwirrte ins Nachbarhaus.

Im wöhnlichen Stübchen voll summender Fliegen steht das tätige Mütterlein. Sie sucht Fliegenbeine aus der Butter, die sie demnächst zu kneten gedenkt; denn Reinlichkeit ist die Zierde der Hausfrau. Aber ihr Stolz ist die Klugheit. Mit mildem Kartoffelbrei füllt sie die Butterwälze, denn morgen ist Markttag in der Stadt.

Ich schwirrte ins Nachbarhaus.

Des Bauern Töchterlein sitzt am Klavier. Es klopft. »Sind der Herr Vater zu Hause?« so fragte der Hammelkäufer. »Bedaure sehr!« erwidert sie zierlich. »Papa fährt Mist!« –

Ein erfreuliches Beispiel frisch aufblühender Bildungsverhältnisse, die noch etwas von dem kräftigen Dufte des humushaltigen Erdreichs an sich haben, worauf sie gewachsen sind.

Ich schwirrte ins Nachbarhaus.

Ein altes ehrwürdiges Gebäude. Der Besitzer schien etwas zerstreut zu sein. Er hält eine lange Unschlittkerze in der Hand, umwickelt sie unten mit Werg, das er mit Petroleum tränkt, steigt damit unters Dach, stellt sie sorgsam ins Stroh, zündet sie an, greift zu Hut und Stock, schließt das Tor und geht über Feld.

Solche Art Leute, dachte ich, sind doch zuweilen recht unvorsichtig. Ich flog dem Manne ans Ohr und warnte ihn, nicht aus Mitleid, sondern bloß, um zu zeigen, daß er der Dümmere und ich der Gescheitere sei. Ich war nicht vorhanden für ihn. Es war klar. Durch die Konzentration meines Inneren unter Zurücklassung des Äußeren hatte ich die Fähigkeit zum Wechselverkehr mit der gewöhnlichen Menschheit verloren.

Ich schwirrte ins Nachbarhaus.

Und dies war das Wirtshaus. Am Haupttische tranken sich drei lustige Gesellen zu. Sie können wohl lachen.

Sie haben in der Früh drei handfeste Meineide abgeliefert und bereits wieder drei neue in Akkord gekriegt. Am Tisch im Winkel saß ein bescheidener Wandersmann. Nachdem er langsam aber gründlich seine Mahlzeit beendigt, steht er auf, um zu zahlen. Er läßt sich auf ein falsches Fünfmarkstück herausgeben und entfernt sich mit einem herzlichen »Gottbefohlen«.

Auch ich machte, daß ich wegkam, und sah mal zu, was auf der Landstraße passierte.

Schlicht und sinnig, den Korb gefüllt mit den Produkten seiner Kunstfertigkeit, wandelt des Weges daher der Besen- und Rutenbinder. Wie's das Geschäft so mit sich bringt, denkt er viel nach über die Erziehung des Menschengeschlechts. Sein Blick ist zur Erde gerichtet. Infolgedessen hat er Gelegenheit, einen Gegenstand zu bemerken, den der flüchtige Beobachter vermutlich für nichts weiter angesprochen hätte als einen Roßapfel in gedrückten Verhältnissen. Doch der aufmerksame Naturfreund, gewohnt, stets scharf zu prüfen, was vorkommt, erkannte sofort sein eigentliches Wesen. Es ist ein braunledernes Portemonnaie. Er blickt umher, und da die Wetteraussichten ringsum günstig sind, hebt er's auf und läßt es sanft in das Rohr seines Stiefels gleiten.

»Da wird er nicht dümmer nach!« so sprach er bedeutsam im wohlwollenden Hinblick auf den der's verloren und in Erwägung der oft so heilsamen Folgen eines gehabten Verlustes. Und schon kommt der Dokter daher geritten, und zwar im Galopp. Er fragt, ob nichts gefunden sei.

»Nein, Herr!« entgegnet der Besenknüpfer mit überzeugender Mimik, und fort sprengt der Dokter mit ängstlicher Schnelligkeit.

So hatte der Weise einem seiner unerfahrenen Mitmenschen eine wertvolle Lehre gespendet, ohne ihn in die peinliche Lage zu bringen, sich bedanken zu müssen. Er konnte aber auch, nachdem er eine gute Tat verrichtet, zugleich mit dem angenehmen Bewußtsein nach Hause zurückkehren, daß dieselbe nicht unbelohnt geblieben, was sonst so selten ist; und daß er sich auch fernerhin ein enthaltsames Schweigen auferlegt haben wird, das darf man ihm bei seinen Fähigkeiten wohl zutraun. –

An der Gegend, über der ich schwebte, konnte ich nicht viel Rares finden. Doch auf die Gegend kommt's nicht an; denn, wie die Tante zu sagen pflegt: »Wer nur das richtige Auge hat, kann überall einen ›reizenden Blick‹ haben.«

So ging's auch dem gebildeten Landwirt, der mir auf der Straße entgegenkam. Er hatte seine Kartoffeln besichtigt. Sie standen prachtvoll. Durch seine transparenten Ohren scheint die verklärende Abendsonne. Er ist glücklich.

»Oh, wie schön ist doch die Welt!« ruft er schwärmerisch. »Oh, so schön! So schön! A a!«

Er hatte den Stellwagen nicht bemerkt, der hinter ihm herfuhr. Dieser fuhr ihm ein Bein ab.

Zum Glück war der Dokter, dem beim Anblick eines neuen Patienten wieder Friede und Heiterkeit, die noch soeben vermißten, auf der denkenden Stirne glänzten, sofort zur Stelle, um den nötigen Verband anzulegen.

Mittlerweile war es Nacht geworden. Im Dörfchen brannte ein Haus ab.

»Aha!« rief ich beim Anblick der Flammen. »Unvorsichtigkeit ist eine hervorragende Eigenschaft derjenigen Menschen, welche morgen genau wissen, was sie heute zu tun haben. Hehe!«

Fast hätte mich in diesem Augenblick eine alte Fledermaus erschnappt und aufgefressen, weil sie mich wahrscheinlich für eine kleinere Abart der Kleidermotte ansah; aber ich war schneller als sie und flog in einen dichten Wald und legte mich in das Näpfchen einer ausgefallenen Eichel; und hier, dacht ich, kannst du, wenn auch nicht aus Bedürfnis, so doch aus Prinzip, deiner nächtlichen Ruhe pflegen.

Der Mond war aufgegangen und spiegelte sein fettes, glänzendes Gesicht in einem Wassertümpel, den wilde Rosen umkränzten. Schon hatt ich die Absicht, mich in die allergrößten Gedanken zu vertiefen, da ging der Spektakel los.

Siebenundneunzig dumpftönende Unken, dreihundertvierundzwanzig hellquarkende Wasserfrösche und zweitausendzweihundertundzweiundzwanzig hochzirpende Grillen gebrauchten ihre ausreichenden Stimmittel und emsigen Kunstgelenke zum Vortrage einer symphonischen Dichtung.

Ein hohler Weidenbaum mit seinen zwei unteren Seitenästen dirigierte. Sein künstlerischer Chignon wehte im Winde der Begeisterung. Die Sache war langwierig; aber schließlich ging ihnen doch der Faden aus, und das bisher nur mit Mühe unterdrückte Bedürfnis des Beifalls konnte sich Luft machen.

Entzückt und befriedigt raschelten die Rosen mit den Blättern und dufteten sogar, was die wilden sonst kaum zu tun pflegen.

»Brravo!« quackten, wie aus einem Munde, fünf dicke grüne Laubfrösche. »Brravo! Geschmackvoll! Geschmackvoll!« Und sieben alte graue Käuze, die im Hinterteil einer morschen Erle ihre Logenplätze hatten, quiekten maßgebend über alle hinweg: »Manjifiek! Manjifiek!«

Ich meinerseits, um doch auch ein hohes Verständnis zu zeigen, suchte mein schönstes falsches Pathos hervor und brüllte, wie laut oder wie leise, das weiß ich nicht mehr:

»Offenbaarrung! Musikalische Offenbaaarrrung!« –

Eduard schnarche nicht so!

ließ sich wieder mal die Stimme vernehmen. Kaum, daß ich danach hinhörte. Ich saß gemütlich in meinem Eichelnäpfchen, höchst sorglos versimpelt in den Gedankengang, der mir grad Spaß machte. Müdigkeit, hatt ich bisher immer geglaubt, gäb's für mich nicht. Nun aber sollt ich so recht erfahren, welch unwiderstehlich wohltätige Wirkungen eine gute Musik hat. Schon nach fünf Minuten war ich in einen richtigen rücksichtslosen Schlummer versunken. –

Ich mußte wohl ausgiebig geschlafen haben, denn als ich erwachte und mir gewissermaßen die Augen rieb, stand die Sonne schon tief am westlichen Himmel.

In bummligem Fortschritt schwebt ich nun einer bedeutenden Stadt entgegen, deren hochragende Türme und hochrauchende Schornsteine ich gestern schon von weitem bemerkt hatte.

Eben kam der nachmittägliche Kurierzug über die Brücke dahergebraust.

Im ersten Coupee hatte ein gewiegter Geschäftsmann Platz genommen, der, nachdem er seine Angelegenheiten geregelt hatte, nun inkognito das Ausland zu bereisen gedachte.

Im zweiten Coupee saß ein gerötetes Hochzeitspärchen; im dritten noch eins.

Im vierten erzählten sich drei Weinreisende ihre bewährten Anekdoten; im fünften noch drei; im sechsten noch drei.

Sämtliche noch übrige Coupees waren voll besetzt von einer Kunstgenossenschaft von Taschendieben, die nach dem internationalen Musikfeste wollten.

Auf dem Bahndamme standen mehrere Personen. Ein Greis ohne Hoffnung, eine Frau ohne Hut, ein Spieler ohne Geld, zwei Liebende ohne Aussichten und zwei kleine Mädchen mit schlechten Zeugnissen.

Als der Zug vorüber war, kam der Bahnwärter und sammelte die Köpfe. Er hatte bereits einen hübschen Korb voll in seinem Häuschen stehn.

In den Anlagen der Handelsgärtnerei, die in der Nähe der Brücke lag, wandeln zwei Damen, Frau Präsidentin nebst Tochter. Letztere hatte sich Pflaumen gekauft.»Oh, Mama!« spricht sie beklommen.»Ich kriege so« –.»Pfui, Pauline!« unterbrach sie die zartfühlende Mutter.»Von so etwas spricht man nicht!«»Guten Morgen!« schnarrte des Gärtners zahmer Rabe dazwischen.»Oh, sieh mal, Mama!« rief die bereits wieder heitere Pauline.»Welch ein himmlischer Vogel! Bitte, gutes Pappchen, sprich doch noch mal!«»Drrreck!« schnarrte der Rabe.»Komm her, mein Kind!« sprach die indignierte Frau Präsidentin.»Jetzt wird er gemein!«

Hieran bemerkt ich so recht, daß ich mich nicht mehr im Bezirke der annähernd zwanglosen Gemütsäußerungen befand, sondern vielmehr in der Nähe einer feinen und hochgebildeten Metropole.

Mir entgegen aus dem Tore bewegte sich ein herrlicher Trauerzug. Im Sarge befand sich ein angesehener aber toter Bankier, beweint und begleitet von hoch und gering. Ich konnte deutlich bemerken, wie er aussah. Er lächelte so recht pfiffig und selbstzufrieden in sich hinein, als ob er sich amüsierte, daß er ein solch schönes Begräbnis weg hatte und ein so langes Gefolge und daß so viele geschmackvolle Kränze seinen Triumphwagen schmückten.

Das wäre was gewesen für Peter, meinen kleinen Neffen! Die Freude hätte ich ihm wohl gönnen mögen! Als vergangenen Herbst die alte Frau Amtmann zur letzten Ruhe bestattet wurde, rief er entzückt:»Ah! Was hat unsere selige Frau Amtmann für eine prachtvolle Kommode!«

Wohnungsumzüge und Leichenzüge hält er für die zwei unterhaltlichsten Schaustellungen dieser Welt; und eine gewisse Ähnlichkeit zwischen beiden läßt sich ja auch nicht ableugnen, obwohl der ruhige Erfolg vielleicht mehr auf seiten der letzteren ist. Ich flog weiter. Eine leichte heidnische Dunstwolke mit einem aromatischen Anhauch von Pomade und Knoblauch, die über der christlichen Stadt schwebte, umfing mich.

Auf Straßen und Promenaden flutet das bunte Publikum und ergießt sich in die hochragenden Speise- und Schenkpaläste, die fürstlich geschmückten, wo der altbewährte Grundsatz gilt: Lieber ein bissel zu gut gegessen, als wie zu erbärmlich getrunken.

Freilich, manch Ach und Krach, was anscheinend vielleicht stören könnte, ist auch in der Nähe; wer aber mal einen gesunden Appetit hat, den geniert es nicht viel, wenn er auch mal ein paar unglückliche Fliegen in der Suppe findet.

Das Geschäft steht in Blüte; der Israelit gleichfalls. Warum wollte er auch nicht? Seine Sandalenfüße, seine getreulich überlieferte Nase, die merklich abgewetzt wurde vom wehenden Wüstensande, dem die Väter einst vierzig Jahre lang entgegenmarschierten, geben ihm das Zeugnis einer schönen Beständigkeit. Mit Vorsicht wählt er die Kalle, und nimmt er sie mal, so pflegt er sie auch zu behalten, es sei wie's sei, und nicht, wie die andern, so häufig zu wechseln. Nüchtern geht er zu Bett, wenn die andern noch saufen; alert steht er auf, wenn die andern noch dösig sind. Schlau ist er, wie nur was, und wo's was zu verdienen gibt, da läßt er nicht aus, bis »die Seel' im Kasten springt«.

Daß man sich nur dergleichen bürgerliche Tugenden nicht viel beliebter macht als Ratten und Mäuse, ist allerdings selbstverständlich. Übrigens befand ich mich in diesem Augenblicke grade über dem Hause eines antisemitischen Bauunternehmers, und so witscht ich mal eben durchs Dach hinein.

Im vierten Stock legt ein Fräulein Hut und Handschuh ab. Sie hat Einkäufe gemacht, unter andern ein Glas voll Salpetersäure. Nicht ohne einen gewissen Zug von Entschlossenheit sieht sie dem Besuche ihres Verlobten entgegen. –

Eine kleine Betriebsstörung im Verkehr zweier Herzen kann immerhin vorkommen. –

Im dritten Stock öffnet sich hastig die Türe des Eßzimmers. »Babett!« ruft eine weibliche Stimme. »Komm mit dem Wischtuch! Mein Mann hat das Sauerkraut an die Wand geschmissen!« Ach, wie bald verläßt der Friede den häuslichen Herd, wenn er an maßgebender Stelle keine kulinarischen Kenntnisse vorfindet!

Im zweiten Stock – Madam sind ins Theater gefahren – führt sich das Kindermädchen den Inhalt der Saugflasche zu. Das Mädchen ist fett, der Säugling mager. Der Säugling schreit auch. – Allerdings! Die Säuglinge schreien mitunter. Aber, wie man auch sonst über Säuglinge denken mag, so rechte Denunzianten, gottlob, das sind sie noch nicht. –

Im ersten Stock, beim Scheine der Lampe, sitzt ein altes trauliches Ehepaar. Fast fünfzig sind's her, daß sie sich liebend verbunden haben. Sie muß niesen. »War das eine Katze, die da prustet?« fragt er. »War das ein Esel, der da fragt?« spricht sie. – So soll's sein! Wenn man auch früher verliebt war, das schadet nichts, wenn man nur später gemütlich wird. –

Im Erdgeschoß befinden sich Geschäftsräume. Bequem im Sessel ruht der Kassier. Er hat soeben unter Aufwand seiner vorzüglichsten Geisteskräfte eine neue Art helldunkler Buchführung erfunden, die genau so aussieht, als ob alles in Ordnung wäre, und raucht nun zur Erholung eine echte Havanna.

Es poltert auf der Treppe.

Als ich das Haus verließ, sprang ein Herr aus der Tür, der emsig wischte und spuckte.

Ich beschloß, das Theater zu besuchen. Ich kam am Gefängnis vorbei. Unter gefälliger Nachhilfe dem schlichten Omnibus entsteigend, wurde eben ein neuer Gast abgeliefert. Es ist der Landbewohner von gestern, der seine Kerze so unvorsichtig ins Stroh gestellt. Oder sollte ich mich doch am Ende in den Absichten dieses Mannes – Unmöglich! Das konnt ich mir im Traume nicht zumuten. –

Wie Ihr seht, meine Freunde! Als Inspekter bei der Brandkasse hätten sie mich auch nicht gebrauchen können. –

Im Theater gab man ein frisch importiertes Stück, wo es grausam natürlich drin zuging. Als es zu Ende, traten mehrere Dichter, die sich auch schon immer was vorgenommen hatten, ohne recht zu wissen wieso, voll entschiedener Klarheit auf die Straße heraus. »Nur immer natürlich, Kinder!« rief einer. »Ein natürliches Bauernmädel, und spränge es im Lehm herum bis an die Knie, dringt mehr zum Herzen und ist mir zehntausendmal lieber als elftausend einbalsamierte Prinzessinnen, die an Drähten tanzen!« Und dann stellten sie sich alle in einen Kreis und sangen, und ich sang mit: »Natur und nur Natuurrr!«

Eduard schnarche nicht so!

ließ sich sofort die Stimme vernehmen. »Schon recht!« dacht ich und hörte nicht weiter hin, sondern blieb bei dem, was ich mir vorgenommen hatte. –

Was nun aber das Kunstwerk betrifft, meine Lieben, so meine ich, es sei damit ungefähr so, wie mit dem Sauerkraut. Ein Kunstwerk, möcht ich sagen, müßte gekocht sein am Feuer der Natur, dann hingestellt in den Vorratsschrank der Erinnerung, dann dreimal aufgewärmt im goldenen Topfe der Phantasie, dann serviert von wohlgeformten Händen, und schließlich müßte es dankbar genossen werden mit gutem Appetit. –

Nachdem sich Freund Eduard dieser Meinung entledigt hatte, fuhr er fort in der Erzählung seines Traumes, wie folgt:

Unbefangen im Bewußtsein meiner, sozusagen, Nichtweiterbemerkbarkeit, huscht ich in einen schönen Salon hinein, welcher festlich gefüllt war. Und das muß ich gestehn, dieses flimmernde Flunkerwerk von Lächeln, Fädeln und Komplimentieren, nicht selten mit der Angel im Wurm, fand meinen ganzen verständnisvollen Beifall. –

Was ist doch der »alte Adam« für ein prächtiger Kerl! Er rackert sich ab, er hackt und gräbt und schabt und schindet, er schlägt sich und verträgt sich, jahrelang, generationenlang, je nach Glück und Geschick, hat er aber mal was auf die hohe Kante gelegt, hat er Geld und Zeit, flugs schruppt er sich und macht sich schmuck, daß man kaum noch sieht, was eigentlich dran ist. Und »Eva«? Wer weiß, was Grazie heißt, wem es jemals vergönnt war zu bemerken, mit welch zweckmäßiger Anmut sie die immerhin etwas verdächtigen Erbstücke einer paradiesischen Vergangenheit teils traulich zu umwölken, teils freundlich zu enthüllen, teils anheimelnd zu schmücken versteht, dem wird es weder unerklärlich noch unverzeihlich erscheinen, daß ich, als der unerbittliche Morgen ans Fenster klopfte, nur mit Bedauern eine Kulturstätte verließ, wo mir's so wohl war, trotzdem mich doch niemand beachtet hatte.

Noch sind Markt und Gassen umschleiert von erfrischendem Nebeldunst. Doch schon, geweckt und angetrieben durch den gewinnverheißenden Handelsgeist oder durch einen vorsorglichen Hinblick auf den leider unvermeidlich bevorstehenden Tagesbedarf der häuslichen Wirtschaft, hat mancher sein nächtliches Lager verlassen, um auf dem Markte womöglich der erste zu sein. Ein freundlicher Kleinbürger, vermutlich ein Junggesell, hat sich bereits sein Päckchen Butter erstanden und tritt befriedigt die Heimkehr an. Doch prüft er noch einmal unter Zuhilfenahme des Zeigefingers. Der Erfolg ist schreckhaft. Das Auge starrt, der Mund steht geöffnet. Er eilt auf den Markt zurück. Er umhalst die ländliche Butterfrau. Er drückt ihr Haupt an seinen Busen. Und während er dies mit der Linken tut, schmiert ihr seine Rechte unter fortwährend mahlender Kreisbewegung die »gefüllte« Butterwälze in das ängstlich gerötete Angesicht. Die Frau kam mir bekannt vor. Der herbeigerufene Schutzmann knüpfte mit ihr ein näheres Verhältnis an.

Zu gleicher Zeit entstand vor einem in der Nähe liegenden geschmackvollen Rokokohause ein wehmütig klagendes Volksgetümmel. Meist Witwen und Waisen. Bankiersfirma. Geschäft geschlossen. Besitzer gestern begraben. Passiva bedeutend. Doch die Sonne, den Nebel zerteilend, schien nun strahlend an den Tempel der Wissenschaft, dem mein nächster Besuch galt.

Ich sah sie, ich sah sie leibhaftig, die hohen Forscher, ich sah sie sitzen zwischen ihren Mikroskopen, Retorten und Meerschweinchen; ich erwog den Nutzen, den Vorschub, den berechtigten Stolz und alles, was ihnen die Menschheit sonst noch zu verdanken hat, und in gedrückter Ehrfurcht verließ ich die geheiligten Räume.

Aber ein Kritiker – denn Flöhe gibt's überall – sagte zu einem andern, mit dem er vorüberging:»Da drinnen hocken sie. Zahlen im Kopf, Bazillen im Herzen. Alles pulverisieren sie: Gott, Geist und Goethe. Und dann die Besengilde, die gelehrte, die den Kehricht zusammenfittchet vor den Hintertüren der Jahrtausende. – Siehst du das Fuhrwerk da? Siehst du den Ziegenbock, der jeden Morgen sein

Wägelchen Milch in die Stadt zieht? Sieht er nicht so stolz aus, als ob er selber gemolken wäre?«

Ich flog ins Museum, in die Verpflegungsanstalt für bejahrte Gemälde, und als ich sie mit Verständnis besichtigt hatte, begab ich mich nebenan in die Bilderklinik, wo die Bresthaften geflickt und kuriert werden. »Restauriert und überlackiert!« so seufzte ein würdiger Kunstfreund. »Und wenn's gut geht, ein paar geistige Pinselhaare bleiben immer drauf kleben!«

Wie? dacht ich. Soll denn Tobias seinen alten Vater nicht salben, der blind ist? Soll denn eine liebende Enkelin ihre gute Großmutter nicht schminken, wenn sie runzlicht geworden? Und, für alle Fälle, was Neues gibt's auch noch. Wo hängt es? Im Kunstverein.

Witsch! war ich da. Der Anblick, der mir zuteil wurde, steht unauslöschlich in meiner Seele geschrieben. Alles mußt ich loben; das herbe Elend, wie es leibt und lebt; die anregenden Visionen der Mystik; ja beinah auch die anziehenden Gestalten der Frauenwelt, die so unbefangen dastanden, obgleich sie aus der Überschwemmung der Kleider nichts weiter als das nackte Leben gerettet hatten.

Jedoch leider traf ich auch hier wieder störende Leute, denen die Tätigkeit ihrer kunstfertigen Mitmenschen nicht recht war.

So ein ruppiger alter Junge schnüffelte an allen Bildern herum und suchte nach Zweideutigkeiten, um sich sittlich zu entrüsten. Man nannte ihn den »Mann mit der schmutzigen Brille«, weil er überall den Unrat wittert, den er mitbringt.

Und noch ein anderer war da mit einem Gesicht so boshaft wie das eines tausendjährigen Kolkraben, der im Reviere das entscheidende Wort führt. »Nichts als Quark!« krächzte er um sich blickend. »Malen kann jeder, geschickt sind viele, gescheit sind wenige, ein Mensch ist keiner. Gebt mir einen ganzen Menschen, ein komplettes Individuum, das sich aufs Malen verlegt, so unerschöpflich im Finden, Formen und Färben, daß alles aus ist. Das ist's, was ich von der Kunst verlange!«

Was so ein Schlingel, dacht ich, nicht alles von der Kunst verlangt und noch mehr von seinem Schöpfer, denen er noch nie was geschenkt hat.

Zwei berühmte Künstler, die eben vorüberschritten, machten dem Kritikus zwei ergebenste Bücklinge; denn Furcht heißt die Verfasserin des Komplimentierbuchs für alle. Als sie unter sich waren, nannten sie ihn Schafskopf. – Wie Ihr wohl bemerkt haben werdet, meine Freunde, war ich entrüstet, und komplett war ich auch nicht. Entrüstung ist ein erregter Zustand der Seele, der meist dann eintritt, wenn man erwischt wird. – Mit der Politik gab ich mich nur so viel ab, als nötig, um zu wissen, was ungefähr los war. Vor wenigen Tagen war der größte Mann seines Volkes vom Bocke gestiegen und hatte die Zügel der Welt aus den Händen gelegt. Nun, hätte man meinen sollen, gäb's ein Gerassel und Kopfüberkopfunter. Doch nein! jeder schimpfte und schacherte und scharwenzelte so weiter und spielte Skat und Klavier oder sein Los bei Kohn und leerte sein Schöppchen, genau wie vorher, und der große Allerweltskarren rollte die Straße entlang, ohne merklich zu knarren, als wäre er mit Talg geschmiert.

Die Welt ist wie Brei. Zieht man den Löffel heraus, und wär's der größte, gleich klappt die Geschichte wieder zusammen, als wenn gar nichts passiert wäre.

Während ich noch hierüber nachdachte, fiel mir plötzlich was ein. So viel Wunderbares und Herrliches mir nämlich bisher auch begegnet war, ein wahrhaft guter Mensch war mir nicht vorgekommen. Nicht, daß ich mich so recht herzlich danach gesehnt hätte; es war nur der Vollständigkeit wegen.

Wie ich munkeln hörte, sollte einer da und da, Hausnummer so und so, gleich draußen vor der Stadt leben; ein auffälliger Menschenfreund, dem der Besitz eine Last sei und das Verteilen ein Bedürfnis, und ich beeilte mich, ihm sofort einen heimlichen Besuch abzustatten.

Er hatte grad von der Heerstraße, die vor seiner Türe vorüberführte, fünf das Land durchstreifende Wanderer hereingeholt. »Brüder!« so sprach er mild. »Tut, als ob ihr zu Hause wärt. Wir wollen alle gleich viel haben!«

Die Fremden zeigten sich einverstanden. Man aß gemeinsam, man trank gemeinsam, man rauchte gemeinsam, und was die Stiefel anlangt, so wurde freudig beschlossen, daß sie in der Früh gemeinsam geputzt werden sollten.

Da der Fall immerhin merkwürdig schien, beschloß ich, bis zum folgenden Tage zu bleiben.

Am nächsten Morgen versammelten sich die sechs Herren im gemeinsamen Frühstückszimmer, und als der Menschenfreund seine fünf Brüder ebenso propper gekleidet sah wie sich selbst, trat ihm eine Träne ins Auge, und jedem die Hand reichend, sprach er seine Freude darüber aus, daß nun jeder befriedigt sei.

Ein gewesener Maurerparlier fing an, sich zu räuspern. »Ja!« sprach er. »Das ist wohl so! Indessen, da du deinerseits, mein Bruder, nun so lange Zeit mehr gehabt hast als wir, wär's da nicht recht und billig, wenn wir unserseits nun auch mal ebenso lange Zeit mehr hätten als du?«

Der gerechte Menschenfreund, dem inzwischen noch eine zweite Träne ins Auge getreten, nickte ihm Beifall zu.

Demnach trank jeder seinen Mokka, ausgenommen der Menschenfreund, demnach nahm jeder seinen Kognak, ausgenommen der Menschenfreund, demnach rauchte jeder seine Havanna, ausgenommen der Menschenfreund, demnach putzte keiner die Stiefel, ausgenommen der Menschenfreund.

Als dieser nun seine fünf Brüder noch propperer dastehen sah als sich selber, trat ihm eine dritte Träne ins Auge, und jeden umarmend, drückt er jedem seine Freude darüber aus, daß endlich jeder befriedigt sei.

Hier fing der Maurerparlier wieder an sich zu räuspern und sagte, ja, das wäre wohl so, aber jetzt sollte er sich mal draußen unters Fenster stellen, und dann wollten sie ihm mal richtig auf den Kopf spucken und wollten mal zusehen, ob der Herr Bruder noch stolz sei.

Der Menschenfreund, dem inzwischen noch eine vierte Träne ins Auge getreten, zeigte sich abgeneigt.

Als das die fünf Brüder bemerkten und sahen, daß er sich sträuben wollte, faßte ihn einer hinten am Rockkragen und zog dran, bis die Ohren oben verschwanden, und ein anderer faßte ihn hinten am Hosenbund und zog dran, bis die Waden unten zum Vorschein kamen, und so führten sie ihn rings in der Stube herum und ließen ihn »stolz gehen«, wie sie es nannten, und dann hielten sie ihn horizontal in der Schwebe und trugen ihn auf den Hausflur, und dann zählten sie eins, zwei, drei, indem sie ihn pendulieren ließen, und bei drei flog er zum Tore hinaus und tat einen günstigen Fall in warmen Spinat und erschreckte eine Kuh, die sich hier einen Augenblick verweilt hatte, und als er so dalag, rannen ihm die angesammelten vier Tränen auf einmal aus den Augen heraus, und schimpfen tat er auch. Daraus, daß er letzteres tat, sah ich nur zu deutlich, daß er doch kein recht guter Mensch war. – Wer der Gerechtigkeit folgen will durch dick und dünn, muß lange Stiefel haben. Habt Ihr welche? Habe ich welche? Ach, meine Lieben! Lasset uns mit den Köpfen schütteln! – In meinem Traume aber hatte ich die Hoffnung, einen guten Menschen zu finden, noch nicht aufgegeben. Ich folgte auf gut Glück einem Kollektanten, der mit seiner Sammelliste in eine nahe gelegene Villa ging. Der nicht unbeleibte Besitzer derselben gab eine Mark für die äußere Mission und fünfzig Pfennige für die innere. Nachdem er dies getan und der Kollektant sich entfernt hatte, verfiel er in Schwermut. »Ich bin zu gut! Ich bin viel zu gut!« rief er seufzend und war ganz gerührt über sich selber wegen seiner fast strafbaren Herzensgüte. Ich war befriedigt. Ich hatte sogar einen mehr als guten Menschen gesehn. Erleichtert, sozusagen, flog ich nach dem Nymphengarten, wo vor versammelten Zuschauern ein Ballon in die Lüfte stieg. Der großartige Anblick brachte plötzlich einen kleinen Plan in mir zur Reife, den ich längst schon gehegt hatte. Ich wollte doch eben mal nachsehn, ob die Welt eigentlich ein Ende hätte oder nicht. Pfeilschnell stieg ich auf und befand mich sogleich in unmittelbarer Nähe des Ballons. Wir schwebten über der Stadt. Den Fallschirm in kundigen Händen, sprang der Luftschiffer aus der Gondel. Der Schirm versagte; und der kühne Aeronaut, soeben noch schnell nach oben strebend, strebt nun noch schneller nach unten mit einer zunehmenden Geschwindigkeit, die er kaum selber zu ermessen vermag. Er setzt sich auf den spitzigen Blitzableiter der Synagoge. Er zappelt unwillig mit Händen und Füßen, denn er war Antisemit. Dann ließ er nach und gab sich zufrieden. – Ja, meine Lieben! Im ersten Augenblicke ist einem manches nicht angenehm, aber mit der Zeit gewöhnt man sich an alles. Ach ja! –

Nicht lange, so hatt ich ihn und seinen Luftball, ja sogar den atmosphärischen Dunstkreis unseres Erdballes weit hinter mir.

Es sauste bereits ein Komet an mir vorüber, jedoch so eilig, daß ich nur konstatieren konnte, es war eine runde, hohle, durchscheinende Kuppel von Milchglas, die ein Loch hatte, aus dem geräuschvoll ein leuchtendes Gas entströmte, welches nach hinten den Schweif, nach vorne, vermutlich durch Rückstoß, die rapide Bewegung dieses merkwürdigen Sternes erzeugte.

Wenige Sekunden später passiert ich den Tierkreis.

Die hübsche »Jungfrau« mit den gesunden »Zwillingen«, auf jedem Arm einen, schielte zärtlich nach dem »Schützen« hinüber, einem schmucken, blonden, krausköpfigen Burschen, dessen Flügel schön bunt, dessen Köcher, Bogen und Pfeile von Gold sind.

Nicht weit davon in seiner Butike saß der schlaue krummnasige »Wassermann« – Juden gibt's doch allerwärts! – und regulierte die »Waage« zu seinen Gunsten.

Nun aber tat ich einen Satz, den ich mir selber, und das will was heißen, kaum zugetraut hätte. Der Aufschwung, den ich mir gegeben, war dermaßen kräftig, daß ich nicht bloß die äußere Kruste der Welt durchstieß, sondern auch noch eine erkleckliche Strecke weit hinausbog in den leeren unermeßlichen Raum. Hier stand ich still, drehte mich um und verschnaufte mich. Durch die gemachte Anstrengung war ich weißglühend geworden. Und nun kam der erhabenste Augenblick meines Lebens.

Von meinem Ich allein, von einem einzigen Punkte aus, durch die unendliche Nacht, warf ich einen elektrisch leuchtenden Strahlenkegel auf die Weltkugel, die in ziemlicher Entfernung mir grad gegenüber lag. Sie hatte wirklich ein Ende und sah von weitem aus wie ein nicht unbedeutender Knödel, durchspickt mit Semmelbrocken.

Tief versunken in das überwältigende Schauspiel, hatt ich fast nicht beachtet, daß ich anfing mich abzukühlen. Mein Licht brannte matter. Die Aussicht, im nächsten Augenblicke ganz allein in der leeren Dunkelheit zu sitzen, wo es obendrein kalt wurde, erschreckte mich doch. Es war die höchste Zeit.

So schnell ich nur konnte, eilt ich der Welt wieder zu und fand auch glücklich das Loch wieder, wo ich herausgekommen. Ich bohrte tiefer und tiefer; aber noch geblendet von meinem eigenen Lichte von vorhin, kam mir alles so dunkel vor. Ich tappte hierhin und dahin. Endlich fühlte ich was Rauhes. Es war der Schwanz des »Kleinen Bären«. Sofort orientierte ich mich, rutschte ein gutes Stück weit an der Himmelsachse hinunter und sprang dann, sobald unser kleines Erdel in Sicht kam, nach seitwärts in der Richtung der gemäßigten Zone hinab.

Die geographische Lage des Ortes, wo ich mich niederließ, war mir ganz und gar unbekannt. Ich weiß nur, daß ich auf der linken Hand eines jungen Mädchens saß, welches mich scharf fixierte, während es mit der Rechten zu einem Klapse ausholte, der mich sicher zermatscht hätte, wie eine Stechmücke, wär ich nicht schnell auf und davon gewitscht.

So war ich denn zum erstenmal auf meiner Reise unter Menschen geraten, welche scharfsinnig genug waren, mich trotz meiner Wenigkeit zu bemerken.

Um zu probieren, ob ich auch verstanden wurde, näherte ich mich einem Schäfer, der, unter einem schattigen Baume liegend, sein Vesperbrot verzehrte, bestehend aus einer Flasche Rotwein nebst drei gebratenen Tauben.

Ohne irgendwelches Erstaunen, ohne seine Tätigkeit im geringsten zu unterbrechen, nickte er mir auf meinen Gruß: Prostemahlzeit! sein gemütsruhiges: Danke! zu.

Während er nach Erledigung der Flasche seine dritte Taube entknöchelte, sagt ich zu ihm:

»Ihr lebt hier, scheint's, im Reiche der Behaglichkeit, guter Freund!«

»Mag wohl sein!« gab er schon halb träumend zur Antwort.

Dann mümmelte er noch ein Weilchen so hin an dem letzten Taubenflügel, der ihm halb aus dem Munde stand, und verfiel in einen dermaßen erquicklichen Schlummer, daß es weithin vernehmlich war.

Eduard schnarche nicht so!

ließ sich wieder die Stimme verlauten.

Wieso? dacht ich und flog wohlgemut weiter, um über Sitten und Bräuche des Landes meine näheren Erkundigungen einzuziehn.

Durch das einmütige Zusammenwirken sämtlicher Forscher auf sämtlichen Gebieten der Wissenschaft war hier in der Tat ein solch

angenehmes Kommunalwesen zustande gekommen, daß selbst ein im Hergebrachten verhärtetet Kopf hätte zugeben müssen, es sei mehr, als er jemals für möglich gehalten. Gewöhnliches Mehl, soviel man brauchte, wurde einfach aus Sägespänen gemacht, das feinere für die Konditer auf etwas weitläufigerem Wege aus Bettstroh und Seegrasmatratzen. Zucker hatte man gelernt ohne weiteres herzustellen, ohne auch nur einer einzigen Rübe ein gutes Wort geben zu müssen. Aber das Wichtigste war, daß man keine Kohlen mehr nötig hatte. Vermittelst sinnreicher Brennglasapparate sammelte man während der guten Jahreszeit nicht bloß so viel Sonnenwärme, als zum Betriebe aller Maschinen, Öfen, Lampen, Töpfe und Wärmflaschen des Landes erforderlich war, sondern auch zu bloßen Belustigungszwecken noch immer was drüber. Daß dadurch den Leuten hier die Einrichtung einer bequemen bürgerlichen Gemeinschaft bedeutend erleichtert wurde, war überall ersichtlich. Man tut gleich wenig und hat gleich viel. Nur der, welcher grad Dünger fährt, kriegt einen Schnaps extra. Mit dem fünfunddreißigsten Jahre zieht man auf die Leibzucht. Stehlen hat keiner mehr nötig; höchstens wird von kleinen Knaben noch mal hin und wieder eine Zigarre stibitzt. Man betrachtet dergleichen als angeborenen Schwachsinn, wo der Betreffende im Grunde nichts für kann, und bringt ihn deshalb in die Anstalt für Staatstrottel zu den übrigen. Auch andere Krankheiten gibt's wohl noch, doch hat man Mittel gefunden, daß keine mehr weh tut, und was das Faulfieber betrifft, welches, besonders in den wärmeren Monaten, nicht eben sehr selten ist, so kuriert man es nach und nach durch Wohlwollen und nachsichtige Behandlung. Man muß nur Geduld haben.
Der Tod ist freilich auch hierzulande nicht ausgeschlossen; nur ist man viel zu aufgeklärt und besitzt im Hinblick auf die Höhe der eigenen Leistungen ein viel zu edles Selbstgefühl, um sich der Befürchtung hinzugeben, es könne hernach am Ende doch etwas passieren, woran niemand eine rechte Freude hat.
So weit wäre ja alles recht schön! dacht ich. Aber wie sah's aus mit der Neidhammelei der Dummen gegen die Gescheiten und der Garstigen gegen die Wohlgeformten, besonders bei den Herren? Wie, vor allen Dingen, verhielt es sich mit der Strebsamkeit der Liebe, so daß der Zappermentshansel immer oben drauf sein möchte

im Herzen der Grete und es partout nicht leiden will, daß sie den Malefizjochen noch lieber hat als ihn?»Jah!« sagte mir ein phlegmatischer Leibzüchter.»War schlimm! Früher auch viel Last gehabt damit. Jetzt vorbei. Schon längst die Konkurrr-renz-drrrrüüse –«

Eduard schnarche nicht so!

rief die Stimme. Ich hörte aber nicht hin danach.

»- die Konkurrenzdrüse entdeckt!« fuhr der Leibzüchter fort; und dann beschrieb er das Weitere. Sie sitzt hinter dem einen Ohre, tief in der Gehirnkapsel. Ausbohrung obligatorisch. Erfolg durchschlagend.

Er hatte recht. Mit dem Gedrängel und der Haßpasserei war's aus daselbst. Man gönnte jedem seine Schönheit und seine Gescheitheit und seine Frau auch, sie mochte so verlockend sein, wie sie wollte, und ob die Grete den Hans kriegte oder den Jochen, oder den alten Nepomuk, das war ihr und überhaupt jedem egal.

So lebten denn da herum die Leute in einer solch wöhnlichen und wohldurchdachten Gemeinschaft, daß sie unsern Herrgott und seine zehn Gebote nicht mehr nötig hatten.

Nur eins war schade. Das Lachen hatte aufgehört. Zwar hat man Lachklubs und Lachkränzchen für jung und alt; man läßt sich den dümmsten Stoffel und die garstigste Trine aus dem Spital kommen und besichtigt sie von allen Seiten; man lacht, aber es geht nicht so recht. Es ist ein heiseres, hölzernes, heuchlerisches Lachen.

Und natürlich, meine Lieben! Jenes selige Gefühl, wobei das ganze Gesicht glanzstrahlend aus dem Leime geht; jenes wonnige Bewußtsein, daß wir wen vor uns haben, der noch dümmer oder häßlicher ist als wir selber; diese aufrichtige Freude an der Bestätigung unserer überwiegenden Konkurrenzfähigkeit, deren lauten oder leisen Ausdruck wir Lachen oder Schmunzeln nennen, konnte unter derartig geregelten Verhältnissen nicht mehr vorkommen. Daß sich aber dagegen eine gewisse sanfte Eintönigkeit herbeischleichen würde, deren Wert man nur selten zu schätzen weiß, das ließ sich wohl annehmen.

Und so war's. Sie hatten gemütliche Parkanlagen; aber an jedem Baum hing wer. Die Eingeborenen freilich spazierten herum dazwischen und hatten nichts weiter dabei.

Ich konnte mich aber nicht recht daran gewöhnen.

Es war eine größere Insel, auf der ich mich befand. Ich flog übers Meer.

Unterwegs, als ich bei einer ganz kleinen Insel vorüberkam, sah ich mehrere antike Sirenen auf ihren Nestern sitzen. Ihre Gesichter waren faltig, wie dem Großvater sein lederner Tobaksbeutel, und Stimme hatten sie auch nicht mehr, sondern schnatterten wie die Gänse. Da sie nicht länger, weder durch Gesang noch durch Händewinken und Augenzwinkern, den Schiffer bezaubern konnten, versuchten sie's vermittelst goldener Eier, die sie selber gelegt hatten, und als ich mich auf nichts einließ, schmissen sie damit, und ich merkte wohl an einem, welches dicht an mir vorbeiflog, daß sie nicht echt waren, und freute mich, daß mich keins traf, wegen meiner Geringfügigkeit, und so erreicht ich wohlbehalten das Festland, ohne vergoldet zu werden.

Zunächst besucht ich, um endlich mal zu erfahren, was eine Sache ist, abgesehen davon, wie sie uns vorkommt, einen weitberühmten Naturphilosophen, der mir zu diesem Zwecke besonders empfohlen war.

Derselbe begrüßte mich unter der Haustür und führte mich, als er gehört, was ich wollte, sogleich mit überlegener Höflichkeit in sein geräumiges Arbeitszimmer.

Er trug ein rotes Samtkäppchen mit grüner Hahnenfeder, einen Schlafrock von Maulwurfsfellen, eine hirschlederne Hose und spitze Pantoffeln von Krokodilshaut. Seine Nase glich der Mohrrübe, sein Auge der Walnuß, sein Mund der Sparbüchse, sein Bart den Fischgräten, und auf dem Kinn hatte er eine Warze sitzen, die aussah wie ein vollgesogener Zeck.

Obgleich sein Benehmen durchaus ernsthaft erschien, war mir's doch, als müßte sich unter der Haut seines ehrwürdigen Gesichtes ein verschmitztes Lächeln verbergen; ein Argwohn, der zusehends verschwand, als ich die wundersamen Gegenstände bemerkte, welche dieser außerordentliche Mann nicht bloß zu sammeln gewußt, sondern auch auf das liebenswürdigbereitwilligste zu zeigen geruhte.

Auf Tischen, Stühlen, Schränken standen und lagen durcheinander Bücher, Präparate in Spiritus, ausgestopfte Vögel, Automaten und sonstige Schosen.

Drei Papageien, die stets wiederholten, was der Meister gesagt hatte, schaukelten sich auf einer schwebenden Stange.

»Vorerst, mein Wertester«, so begann er, »betrachtet Euch gefälligst dies automatische Kunstwerk!«

Knarrend zog er es auf. Es war ein Fischreiher, in einer Schale voll Wasser stehend, worin sich ein Aal befand. Der Reiher bückte sich, erfaßte den Aal, hob ihn in die Höhe, verschluckte ihn und stand dann, gleichsam befriedigt, in Gedanken. Aber bereits im nächsten Augenblicke schlüpfte der geschmeidige Fisch wieder hinten heraus. Wieder mit unfehlbarer Sicherheit ergriff ihn der langgeschnäbelte Vogel, ließ ihn hinuntergleiten und wartete sinnend den Erfolg ab, und wieder kam der Schlangenfisch am angeführten Orte zum Vorschein, um nochmals verschlungen zu werden, und so ging's fort und fort. »Dies«, erklärte der Meister, »ist der ›Kreislauf der Dinge‹!« Darauf nahm er ein unscheinbares Gerät vom Schranke. Es war eine kleine Wehmühle. Er blies den Staub davon, hielt sie mir vor und sprach bedeutungsvoll:

»Hier, mein Geschätzter, seht Ihr das ›Ding an sich‹, das vielberufene, welches vor mir noch niemand erkannt hat.«

Er drückte auf einen Knopf. Die Mühle fing langsam zu fächeln an. Ein ungemein wohliges Gefühl überkam mich, als würd ich von zarten Händen so recht sanft hinter den Ohren gekraut.

Er drückte zum zweiten Male auf den Knopf. Nur das feinste Diner kann der Zunge ein solches Wohlgefallen bereiten, wie es mir jetzt zuteil wurde.

Er drückte zum dritten Male. Nun kam der Geruchsinn an die Reihe. Erschrocken blickt ich den Meister an. Doch nicht der leiseste Zug einer verdächtigen Heiterkeit störte den Ausdruck seines ehrbaren Gesichtes.

Schon berührte er den Knopf zum vierten Male. Ein prachtvoller Parademarsch erklang.

Er drückte zum fünften Mal. Ein Feuerwerk sprühte auf, so herrlich, daß es sich der Prinz in seinem Geburtstage nicht schöner hätte wünschen können.

»So ist denn«, sprach er erklärend, »alles das, was zwischen uns und den Dingen an sich passiert, nichts weiter als eine Bewegung, bald schneller, bald langsamer, in einer Äther- oder Luftschicht, die bald dicker, bald dünner ist.«

»Auch die Gedanken?« fragt ich.

»Auch sie!« erwiderte der Meister. »Wir werden gleich sehen!«

Er stellte die Wehmühle weg und kriegte eine Windmühle her. Sie war nach dem gleichen System gearbeitet wie diejenigen, welche man in die Wipfel der Kirschbäume stellt, um die Spatzen zu verscheuchen, nur war sie viel kleiner und hatte Flügel von Papier. Indem er mir dieselbe entgegenhielt, rief er ermunternd:

»Wohlan, mein Bester! Jetzt denkt mal drauf los!«

Ich nahm mich zusammen und dachte, was ich nur konnte, und je eifriger ich dachte, je eifriger drehten sich die Papierflügel der Mühle, und klappern tat sie, daß es selbst ein erfahrener alter Sperling nicht gewagt hätte, in ihre Nähe zu kommen.

»Je mehr Wind, je mehr Lärm!« sprach der Gelehrte erläuternd.

»Und Lust und Leid des Herzens«, forschte ich weiter, »sind die gleichfalls Bewegung?«

»Gewiß!« erhielt ich zur Antwort. »Nur schraubenförmig!« Damit nahm er vom Gesimse ein zierliches Gestell, worin horizontal ein Pfropfenzieher lag, den man vermittelst einer Kurbel in drehende Bewegung setzen konnte.

»Nur zu!« rief ich erwartungsvoll.

Er schloß das linke Auge und fixierte mich blinzelnd mit dem rechten.

»So geht es noch nicht!« sprach er zögernd. »Denn wie ich bemerke, mein Lieber, ist Eure Konstitution etwas anders beschaffen, als wie sonst üblich ist. Darum bitt ich, zuvörderst hier Platz zu nehmen in dem Sessel der höheren Empfindsamkeit!«

Dies war ein ungemein weich gepolsterter Lehnstuhl. Ich ließ mich darauf nieder. Der Meister näherte sich mit der Schraube und fing an vorwärts zu drehen.

Ein unsagbar peinliches Gefühl durchbohrte mein innerstes Wesen. Ich hätte laut aufschreien mögen. Es war, als wäre meine alte Großtante gestorben.

»Der Schmerz ist positiv!« sprach der Meister gelassen.

Und nun drehte er rückwärts. Der Schmerz ließ nach. Es durchströmte mich, wie ein großes unerwartetes Glück. Es war, als hätte mir die Selige eine halbe Million vermacht.

»Die Freude ist negativ!« erklärte der Meister, indem er die Seelenschraube wieder an ihren Platz stellte.

Um die Geduld des freundlichen Gelehrten nicht übermäßig in Anspruch zu nehmen, hielt ich es jetzt für angemessen, mich bestens zu empfehlen.

»Noch eins!« sprach er und führte mich an seinen Schreibtisch. In einem großen Glase voll Spiritus saß ein wunderliches Geschöpf, welches die größte Ähnlichkeit hatte mit einem überreifen Kürbis, woran unten, scheinbar als Gliedmaßen, ein paar kümmerliche Ranken hingen.

»Dies«, so demonstrierte der Meister, »ist der Mensch von vor tausend Millionen Jahren, ehe er herabsank zum verächtlichen Lanzettierchen, von welch letzterem wir uns wenigstens in der Gegenwart so weit wieder aufgerappelt haben, daß wir hoffen dürfen, auch in der Zukunft noch mal wieder etwas Rechtes zu werden.«

»Schön ist er nicht!« meint ich enttäuscht.

»Aber schlau!« fiel mir der Forscher ins Wort. »Ich hab ihm den Kopf visiert. Die zweifelhafte Unterscheidung zwischen hier und dort, zwischen heute und übermorgen, die uns jetzt so viele Verlegenheiten bereitet, gab's damals nicht; die Frage, ob zwei mal zwei vier sei, oder sonst was, ließ man unentschieden; und was die Grundsätze der Geometrie betrifft, so kann ich wenigstens so viel mit Bestimmtheit versichern, daß zu jenen Zeiten die krümmste Linie der kürzeste Weg zwischen zwei Punkten war.«

Hier machte der Naturphilosoph eine Pause, die mir Zeit ließ, ihm meine Bewunderung auszudrücken und zugleich noch ein weiteres Problem zu berühren.

»Hochverehrtester!« hub ich an. »Darf ich mir zum Schluß noch eine kleine Anfrage gestatten?«

Er nickte verbindlich.

»Wie«, fragt ich, »steht es mit der Ethik? Was muß der Mensch tun, daß es ihm schließlich und ein für allemal gut geht?«

Ohne sich lange zu besinnen, öffnete der Weise eine Schublade, nahm eine Flöte heraus, schrob sie auf seine Nase, kniff den Mund zu, blies die Backen auf und fing an zu fingern und zu trillern und zu quinquilieren, wie ein gut geschulter Kanarienvogel, der auf der Geflügelausstellung den ersten Preis gekriegt hat.

Als er hiermit aufgehört, fragte er kurz:

»Verstanden? Überzeugt?«

»Nicht so ganz!« gab ich verlegen zur Antwort.

Nun begann er aufs neue, indem er abwechselnd sang und flötete und dabei den Kopf gar gefällig von einer Seite zur andern wiegte:

»Wer nicht auf gute Gründe hört,
trideldi!
Dem werde einfach zugekehrt
trideldi!
Die Seite, welche wir benützen,
Um drauf zu liegen und zu sitzen.
triddellitt!«

Hiermit brach er kurz ab, legte die Flöte beiseite, drehte sich um, wickelte sich stramm in seinen Schlafrock, nahm eine gebückte Stellung an, krähte wie ein alter Cochinchinagockel und verschwand im Hinterstübchen.

Die Papageien krähten gleichfalls. Einen Augenblick stand ich starr. Dann entfernt ich mich mit fabelhafter Geschwindigkeit.

Links vor mir lag ein anmutiges Tal, durchschnitten von einer breiten, musterhaft angelegten Chaussee, an deren Seiten die köstlichsten Obstbäume standen; rechts aber erhob sich, allmählich ansteigend, das Gebirge, immer höher und höher, bis es zuletzt fern oben in den Wolken verschwand.

Zu Fuß, zu Roß, zu Wagen bewegte sich eine Menge fröhlich erhitzter Menschenkinder den breiten Weg entlang, als ob irgendwo etwas Besonderes los wäre; alle in der nämlichen Richtung. Nur einer kam zurückgelaufen. Er sah lumpig, geschunden und verstört aus, sprang über den Graben und rannte querfeldein, wie besessen, ohne sich umzusehn. »Der Franzel ist närrisch geworden!« sagten die Leute so beiläufig und zogen lachend vorüber.

Bald bemerkt ich, wo sie hin wollten.

Ungefähr da, wo der breite Weg, dem felsigen Walde sich nähernd, in einen dunkelen Tunnel verlief, stand das Wirtshaus »Zum lustigen Hinterfuß«, ein altes, geräumiges, neu wieder aufgeputztes Gebäude und allgemein beliebt als Vergnügungsort schon seit undenklichen Zeiten.

Der Wirt, im übrigen ein jovialer Mann, zog das eine Bein etwas nach. Er hatte mal in seiner Jugend, so wurde gemunkelt, bei einer Schlägerei, die nicht günstig für ihn ablief, einen ekligen Fall getan.

Seine sieben reizenden Töchter, die man scherzweise die »sieben Todsünden« zu nennen pflegte und die dem väterlichen Geschäfte natürlich sehr förderlich waren, begrüßten mit Kußhänden vom hohen Balkon herab die ankommenden Gäste.

Unten aber, aus einem Fenster des Erdgeschosses, wo sich die Küche befand, streckte eine verwitterte Hexe, die uralte Großmutter des Wirts, ihren spähenden Kopf hervor. Sie war die Köchin des Hotels, und ihre Nase war schwarz von Ofenruß.

Obgleich sich in den Gesellschaftsräumen des gastlichen Hauses eine etwas drückende Schwüle bemerklich machte, herrschte doch durchgehends unter jung und alt und hoch und niedrig die ungezwungenste Heiterkeit. Besonders abends, nachdem bei festlicher Beleuchtung Musik und Tanz begonnen, ging es so lustig zu, daß vom »Heimgehn« nicht gern wer was hören wollte, und als dennoch einer sich erhob und auf etwas Derartiges anspielte, riefen einige: Maul halten! und raus mit ihm! aber die meisten hörten gar nicht hin, sondern taten genauso, als ob dies einer wäre, der nicht da ist.

Unter den anwesenden Gästen erkannte ich verschiedene Personen, die mir während meiner Reise schon mal vorgekommen waren, z. B. den optimistischen Landwirt, der unter den Stellwagen geriet. Er wurde glücklich geheilt. Das Bein war krumm geblieben. Doch bekam er, wie er triumphierend erzählte, im Spätherbst die dicksten Kartoffeln.

Wie es im Traume zu geschehen pflegt, empfand ich über diese Begegnungen nicht das mindeste Erstaunen. Nur eins machte mich stutzig. Nämlich der viel zu gute Mensch, dessen Vorhandensein mich damals so ausnehmend befriedigt hatte, daß der auch mit mir hier war und sogar mit einer von den Töchtern des Wirtes in einer lauschigen Nische Champagner trank, das konnt ich nicht klein kriegen.

Nachdenklich und erhitzt flog ich zum Dach hinaus, um mich in der Nachtluft etwas abzukühlen, und setzte mich auf die Wetterfahne, und wie sie sich drehte, ging es immer: Züh, knarrr! Züh, knarrr! *Eduard schnarche nicht so!!* ließ sich wieder mal die bewußte Stimme vernehmen. »Schon recht!« dacht ich und fuhr Karussell auf der wirbelnden Fahne, daß es noch viel ärger knarrte als zuvor.

Von hier bemerkte ich etwas immerhin Auffälliges.

Es mochte so um Mitternacht sein, als ein eigentümlicher Hotelomnibus an der Hintertür vorfuhr. Er war schwarz angestrichen und hatte silberne Beschläge. Er war nicht zum Sitzen eingerichtet, sondern zum Liegen. Er wurde nicht hinten aufgemacht, sondern oben. Er holte keine Gäste her, sondern brachte nur welche weg. Einige derselben, die »abgefallen« waren, wurden von den Hausknechten herbeigetragen und hineingelegt. Der Kutscher, mit schwarzem Hut und schwarzem Mantel, sah recht vergnügt aus, obgleich er so blaß und mager war wie ein Hungerapostel. Er rief seinen gleichfalls mageren Rappen ein hohl klingendes Hü! zu, und langsam bewegte sich das Fuhrwerk in den »Tunnel« hinein.

Inzwischen nahm das Tanzvergnügen seinen ungestörten Fortgang.

Morgens früh, sobald es anfing zu dämmern, begab ich mich ein paar Meilen zurück und suchte den Fußweg auf, welcher, rechts neben der Chaussee allmählich im Walde aufsteigend, nach der »Bergstadt« führte, von der ich so viel Rühmliches und Wunderbares gehört hatte, daß ich den Entschluß faßte, sie aufzusuchen.

Ich gesellte mich zu vier munteren Wanderburschen, die auch schon dahin unterwegs waren. Sie sahen sehr unternehmend aus und hatten ein großes Wort und sagten, da wollten sie bis Mittag schon droben sein, noch ehe der Löffel ins Warme ginge. Sie erzählten mir auch gleich, wie sie hießen und wo sie her wären und was sie für ein Metier hatten.

Es waren vier »gute Vorsätze«.

Sie stammten aus einer fetten Gegend, aus Hinnum bei Herrum, wo man die guten Schmalzkücheln backt und die Kirchweih acht Tage dauert.

Der eine hieß Willich, der andere hieß Wolltich, der dritte hieß Wennaber und der vierte hieß Wohlgemut.

Willich hatte eine rote Nase, Wolltich ein rundes Bäuchlein, Wennaber eine schwarze Hornbrille, und wie verdammt hübsch der Wohlgemut aussah, das wußte er schon selber.

Natürlich fragten sie jetzt auch nach meinen Verhältnissen, worauf ich erwiderte: »Ich bin aus leer, und denke sehr und weiß noch mehr, wie ich aber heiße, das sag ich Euch nicht.«

»Dann soll er Spirrlifix heißen!« rief der neckische Wohlgemut.

Und darüber lachten die drei andern, daß dem Willich die Nase blau wurde, dem Wolltich drei Knöpfe aus der Weste sprangen und dem Wennaber die Brille anlief vor Freudentränen.

Ich war nicht erbaut von solchen Späßen. Ich schwang mich nach oben und schwebte mindestens drei Meter hoch über der Gesellschaft.

Unter lebhaften Gesprächen marschierten sie bergan.

Mittlerweile stieg die Sonne auch höher und schien schon recht warm durch die Bäume. Wolltich der Dicke zog seine Joppe aus und hing sie an den Stock; Wohlgemut fing an zu flöten.

»Jungens, rennt nicht so!« sagte Willich. »Ich habe mir am linken Hacken eine Blase gelaufen!«

»Wenn wir nur kein Gewitter kriegen!« meinte der bedenkliche Wennaber.

Unter etwas weniger belebten Gesprächen marschierten sie bergan. Inzwischen stieg die Sonne noch höher und schien brühwarm durch die Bäume.

Willich blieb stehn.

»Was meint Ihr zu dieser?« sprach er lächelnd und zog eine bedeutende Flasche hervor.

Wolltich blieb auch stehen.

»Was meint ihr zu der?« sprach er schmunzelnd und zog eine noch bedeutendere Wurst aus dem Ranzen.

Wennaber blieb gleichfalls stehen.

»Wenn wir nur nicht« – fing er zögernd an, aber Wohlgemut, der ebenfalls stehengeblieben, schnitt ihm das Wort ab und rief freudig: »Heraus mit der Klinge!« und klappte unternehmend sein Taschenmesser auf.

Dann suchten sie sich ein kühles Plätzchen, breiteten ihre Schnupftücher auf den Rasen und servierten das Frühstück. Ich setzte mich auf einen dürren Ast und sah zu.

»Spirrlifix, komm runter!« rief mir der gutmütige Wolltich zu und zeigte die Wurst her, und Willich schwenkte die Flasche.

Ich dankte. Ich war erhaben über dergleichen.

»Wer nichts mag, ist der Beste!« scherzte Wohlgemut, und das brachte Wolltich ins Lachen, und dann kriegte dieser einen Hustenschauer, und der ängstliche Wennaber klopfte ihm den Rücken, daß er nur wieder zu Atem kam.

Und nun langten sie zu und zeigten, was sie konnten, und daß sie tatkräftige Leute waren, wenn's ernstlich drauf ankam.

Willich ließ den Wein leben, Wohlgemut die Weiber und Wennaber fing an: »Es lebe die Weis« – – aber ehe er ausgesprochen, schrie Wolltich: »Es lebe die Wurst!«

Darauf, als sie sich ausreichend erquickt hatten, marschierten sie unter den lebhaftesten Gesprächen wieder bergan.

Inzwischen stieg die Sonne so hoch, wie sie nur konnte. Fast perpendikulär von oben blickte sie durchdringend auf die Schädel der Wanderer. Das Gespräch stockte. Die Schritte erlahmten.

Zuerst blieb Willich zurück. Rechts vom Wege stand ein dicker Baum. Hinter diesen setzte sich Willich, zog seinen linken Schuh aus und rieb sich überhaupt mit Hirschtalg ein.

Dann blieb Wolltich zurück. Rechts vom Wege stand noch ein dicker Baum. Hinter diesen setzte sich Wolltich.

Wennaber und Wohlgemut, welche nichts davon gemerkt hatten, marschierten schweigsam bergan.

Wir zogen am Rande eines sandigen Abhangs hin, der sich bis unten ins Tal erstreckte, und befanden uns nun an einer Stelle, von wo man eine dankbare Aussicht nach links hatte. Am Fuße des Berges sah man deutlich das reizende Etablissement liegen, welches ich in der Frühe verlassen hatte. Es tönte Musik herauf. Es war Gartenkonzert.

Jetzt blieb Wohlgemut auch zurück. Rechts am Wege stand noch ein dritter dicker Baum. Hinter diesen stellte sich Wohlgemut, kriegte sein Perspektiv heraus, und als er durch dasselbe bemerkte, daß unten im Garten viele hübsche Mädchen saßen, schob er's wieder ein, schlich sich an den Abhang und ließ sich hinunterrutschen.

Willich, der eben wieder hinter seinem Baume hervortrat und sogleich sah, wo Wohlgemut hin wollte, fing gleichfalls das Rutschen an, und Wolltich, der ebenfalls wieder hinter seinem Baume hervorgetreten war und dem die Sache auch gleich einleuchtete, rutschte auch hinterher.

So marschierte denn nun der nachdenkliche Wennaber, welcher die Abwesenheit seiner Kollegen nicht beachtet hatte, nur allein noch bergan.

»Kinder!« sprach er. »Je mehr ich mir diese Sache, die wir vorhaben, überlege, je mehr finde ich, daß diese Sache, die wir vorhaben, sehr zweifelhaft ist. Wie denkt Ihr darüber?«

Bei diesen Worten drehte er sich um, und als er niemanden sah, sprach er:

»Meine Brille ist angelaufen, denn ich habe transpiriert!«

Er setzte sie ab und putzte sie mit Hilfe seines Rockschlappens, und dann setzte er sie wieder auf. Aber seine Kollegen konnte er nicht dadurch wahrnehmen. Doch ja! Dort unten rutschen sie.

Wennaber war sehr geneigt zum Überlegen, wenn er aber mal wußte, was er eigentlich wollte, dann war sein Entschluß kurz, fest und unabänderlich.

So auch jetzt. Er setzte sich rittlings auf seinen Wanderstab und rutschte gleichfalls den Berg hinunter und kam fast noch eher an als die drei andern.

Ich stieg weiter. Der Weg machte eine steile Wendung nach rechts hinauf.

Auf einmal gab's ein Gerassel. Erst kam mir etwas Steingeröll entgegengekollert, dann ein Sack voll Geld, dann ein runder Filzhut, dann eine goldene Schnupftabaksdose, dann ein runder Herr mit einem mannigfaltigen Charivari an der Uhrkette, was hauptsächlich das Rasseln tat, und dann rutschten sie alle nacheinander den Abhang hinunter, bis unten in den Chausseegraben. Hier angelangt inmitten seiner Effekten, verharrte der Reisende zunächst in einer liegenden Stellung. Darnach setzte er sich zunächst auf den Geldsack und nahm eine Prise und besah sich die Rutschbahn, die er soeben durchmessen hatte.

Darnach klopfte er seinen staubigen Filzhut aus, warf den Sack auf die Schulter und begab sich in das Wirtshaus »Zum lustigen Hinterfuß«.

Ich stieg weiter. Der Weg wurde steiler und steiler.

Vor mir schritt ein Wanderer, ein Handelsmann, wie's schien, welcher eine Kiepe mit Glaswaren auf dem Rücken trug. Er ging mühsam und bedächtig, und als er einen passenden Baumstumpf fand, stellte er die Kiepe darauf und setzte sich ins Gras daneben, um auszuruhn.

»Ach Gott!« sprach er seufzend. »Wie muß der Mensch sich plagen!« Sofort, nachdem er diese Äußerung getan hatte, kam ein Wirbelwind durchs Gebüsch dahergerauscht und warf den Korb auf die Erde, daß alle Gläser zerbrachen.

»Sieh!« rief der erschrockene Handelsmann. »Kaum sagt man ein Wort, so stößt Er einem die Kiepe auch noch um!«

Er war sehr niedergeschlagen. Aber bald faßte er sich wieder, ging an den sandigen Abhang, setzte sich in die leere Kiepe, benutzte seinen Stecken als Steuer und kutschierte eilig ins Tal hinunter. Es dauerte auch nicht lange, so sah ich ihn drunten im Wirtsgarten, und der Herr mit dem Charivari und die vier guten Vorsätze hießen ihn bestens willkommen. Es mußten wohl alte Bekannte sein. Und die Musik spielte grade ein herrliches Potpourri.

Ich stieg weiter. Die Bäume wurden knorriger, die Felsen schroffer. In einer Höhle, auf seinem Sitze festgebunden, den Rücken nach dem Lichte, das Gesicht nach der Wand gekehrt, saß der unglückliche Mensch, der, nun schon mehr als zehntausendmal wiedergeboren, doch noch immer von den Dingen, welche draußen vorbeipassierten, nichts weiter zu erkennen vermochte als ihre Schatten, die sie vor ihm an die Wand warfen.

Als ich vor der Öffnung der Höhle einige Sekunden stillstand, hielt er mich für einen schwarzen Fliegenklecks an seiner Mauer und begrüßte mich als solchen.

Mit überlegenem Lächeln verließ ich ihn.

Noch ehe ich um die nächste Felsenecke gebogen, vernahm ich ein klatschendes Geräusch, ähnlich dem, welches die Köchin verursacht, wenn sie den Braten klopft.

Nicht lange, so befand ich mich einem tätigen Manne gegenüber, der sich vermittelst eines Ochsenziemers dermaßen den entblößtem Rücken zerpeitschte, daß man wohl sah, es waren Schläge, die Öl gaben.

»Was treibt Ihr denn da, guter Freund?« so fragt ich ihn.

»Das Leben ist ein Esel! Ich prügle ihn durch!« so schrie er und arbeitete weiter.

Ich begab mich höher hinauf.

Nicht lange war ich gestiegen, als ich auf einem kahlen Platze einen kahlen Mann sitzen sah, der immer in dieselbe Stelle guckte.

»Was treibt Ihr denn da, bester Freund?« so fragt ich ihn.

»Das Leben ist ein Irrtum! Ich denke ihn weg!« gab er zur Antwort.

Er hatte sich schon alle Haare weggedacht und dachte doch immer noch weiter.

Ich begab mich höher hinauf; und alsbald, so erreicht ich eine verfallene Einsiedelei, worin auf einem bemoosten Steine ein bemooster Klausner sich niedergelassen, der kein Glied rührte.

»Was treibt Ihr denn da, alter Freund?« so fragt ich ihn.

»Das Leben ist eine Schuld! Ich sitze sie ab!« so gab er zur Antwort und saß ruhig weiter.

Er mußte wohl schon lange gesessen haben, denn ein Faulbaum war ihm kreuz und quer durch die Kutte gewachsen, und in seiner Kapuze saß ein Wiedehopfsnest mit sechs jungen, die sich weiter keinen Zwang antaten.

Nicht lange, nachdem ich diesen würdigen Eremiten respektvoll verlassen hatte, wurde der Wald weniger knorrig und plötzlich ganz hell.

Vor mir ausgebreitet lag eine weite, grüne, blumenreiche Wiese, in deren Mitte sich ein mächtiges Schloß erhob. Es hatte weder Fenster, noch Scharten, noch Schornsteine, sondern nur ein einziges fest verschlossenes Tor, zu dem eine Zugbrücke über den Graben führte. Es war aus blankem Stahl erbaut und so hart, daß ich trotz verschiedener Anläufe, die ich nahm, doch partout nicht hineinkonnte. Eine peinliche Tatsache. Die Freiheit des unverfrorenen Überalldurchkommens, auf die ich mir immer was eingebildet, war entweder merklich geschwunden, oder es gab Sachen, die mir sowieso schon zu fest waren.

Ich fragte einen steinalten Förster, der am Rande des Waldes stand, was denn das hier eigentlich wäre. Er schien nicht gut hören zu können, legte die Hand hinters Ohr, sah mich stumpfsinnig an und sog dabei heftig an seiner kurzen Pfeife, die er jedenfalls lange nicht rein gemacht hatte. Sie gurgelte und schmurgelte.

Eduard schnarche nicht so!

rief die Stimme. Ich hörte nicht weiter hin, sondern fragte den Förster zum zweiten Male:

»Alter Knasterbart! Könnt Ihr mir nicht sagen, was das hier für ein Schloß ist?«

»Kleiner Junker!« gab er zur Antwort. »Zu denen, die das nicht wissen, gehöre auch ich. Dahingegen mein Großvater, der hat mir oft gesagt, daß er es auch nicht wüßte, aber was sein Großvater gewesen wäre, der hätte ihm oft erzählt, es wäre so alt, daß das Ende davon weg wäre; und daß da ein heimlicher Tunnel wäre zwischen dem Schloß hier oben und dem Wirtshaus da unten, das hat er auch noch gesagt!«

»Was?« dacht ich. »Kleiner Junker?« Ich drehte dem alten Trottel den Rücken zu und sah nach dem Schlosse.

Auf der Wiese trieben sich viele kleine pechschwarze Teufelchen umher. Sie schwangen Netze, erhaschten Schmetterlinge und spießten sie auf feine Insektennadeln.

Jetzt öffnete sich das Tor. Ein langer Zug von ganz kleinen rosigen Kinderchen drängte heraus über die Brücke. Sofort ein heiteres Spiel beginnend, purzelten sie lachend zwischen den Blumen herum. Aber auch die Teufelchen kamen herbeigesprungen und neckten und balgten sich mit ihnen, und da die Teufelchen abfärbten, so kriegte jedes seinen kleinen Wischer weg, als hätten sie »schwarzen Peter« gespielt.

Auf den Bäumen, welche die Wiese begrenzten, saßen zahlreiche Storchnester. In jedem stand ein Storch auf einem Bein und sah bedächtig prüfend den kindlichen Spielen zu. Plötzlich flogen sie alle zusammen auf die Wiese hinunter. Jeder nahm sein Bübchen oder Mädchen, welches er sich ausgesucht hatte, in den langen Schnabel, und fort ging's hoch über den Wald weg.

Ein allgemeines Wehgeschrei erfüllt die Lüfte. Und die Teufelchen schrien lustig hinterher:

Storch   Storch   Stöckerbein
Kehrt bei meiner Großmutter ein!
Triffst   du   sie   zu   Hause,
Laß dich von ihr lause.
Und dann schlugen sie freudige Purzelbäume mit großer Behendigkeit.

Da der Fußweg, welchen ich bislang verfolgt hatte, hier zu Ende war und ich über die Stadt am Berge auch keine nähere Auskunft erwarten konnte, schwenkte ich auf gut Glück etwas nach rechts in den Wald hinein, wo ich denn nach kurzer Zeit an einen Wildbach gelangte, der rauschend vorübereilte.

Ein dichtes Dornengestrüpp versperrte mir die Aussicht. Als ich mich mühsam hindurchgearbeitet, tat sich weithin das Land auf; und nun sah ich erst, daß an der rechten Seite des Gebirges aus dem tiefen fernen Tale noch ein zweiter Pfad zu der beträchtlichen Höhe führte, die ich von links her erreicht hatte.

Der Pfad war sehr schmal. Stille Pilger, jeder sein Päckchen tragend, zogen herauf.

»Nur langsam, Freundchen! Ich will auch noch mit!« rief ich, als sie an mir vorüberkamen, einem der Wanderer zu.

Mit ruhig mildem Blicke mich ansehend sprach er: »Armer Fremdling! Du hast kein Herz!«

Betroffen blieb ich stehn und sah ihnen nach. Sie wandelten bescheiden ihres Weges weiter. Sie kamen an das Wasser. Ein schmaler Steg führte hinüber. Hinter dem Stege, in einem Gemäuer, tat sich ein enges Pförtchen auf. Die Pilger traten ein. Das Pförtchen schloß sich wieder.

Neugierig, wie ich war, versucht ich gleichfalls hineinzugelangen; aber das Pförtchen hatte nicht einmal ein Schlüsselloch, und auch die Mauer, welche sich rechts und links unabsehbar weit ausdehnte, war undurchdringlich für mich. Ich erhob mich und schaute hinüber. Eine herrliche Tempelstadt, ganz aus Edelsteinen erbaut und durchleuchtet von wunderbarem Lichte, viel schöner als Sonnenschein, stieg zum Gipfel des majestätischen Berges empor.

Mit kräftigem Schwunge versucht ich dahin zu fliegen. Ein heftiger Stoß war die Folge. Über der ersten Mauer stand noch eine zweite, die ich nicht bemerkt hatte, unendlich hoch, vom reinsten, durchsichtigsten Kristall.

Eine Weile noch schwirrt ich dran auf und nieder, wie eine Stubenfliege an der Fensterscheibe, dann fiel ich erschöpft zu Boden, daß es klirrte, wie eine »tönende Schelle«. – Da lag er nun, der kleine eingebildete Reiseonkel; ein Häufchen, kaum der Rede wert, und doch beleidigt über die ungefällige Hartnäckigkeit mancher Dinge, die ihm verquer kamen!

Plötzlich kam was über mich, wie ein Schatten. Als ich aufblickte, war's einer von den kleinen abscheulichen schwarzen Teufeln von vorhin auf der Wiese.

»Aha! Bist da, du Lump!« schrie er und zog sein grinsendes Maulwerk auseinander, daß es von Ostern bis Pfingsten reichte. Erschreckt und verdattert fing ich an zu schwitzen und zu stottern und zu beteuern und kläglich zu rufen: »Ich b-b-bin ja gar nicht so übel! Ich b-b-b-bin ja gar nicht so übel!«

»Also auch das noch!« kreischte der Schwarze. »Warte nur, dich wollen wir schon kriegen!« Und damit steckte er seine lange rote geräucherte Zunge heraus und hob sein Schmetterlingsnetz in die Höhe und wollte mich einfangen.

Ich, nicht faul, tat einen Satz hoch in die Lufl; der Teufel auch. Ich flog im Zickzack; der Teufel auch. Dann schoß ich wieder tief in den Wald hinab; der Teufel auch. Ich lief um einen Baum herum, in einem fort, wohl hundertmal hintereinander; der Teufel auch; dicht hinter mir; und jetzt wär ich sicher erwischt worden, hätte nicht grad ein baumlanger Riese dagelegen, Maul offen, Augen zu, ein stattlicher Mann – mir war, als müßt ich ihn kennen – der fest zu schlafen schien.

Die Not war groß. Besinnungslos stürzte ich mich in den offenen Rachen hinein. –

Als ich wieder zu mir selbst gekommen, befand ich mich in einer Art von Oberstübchen mit zwei Fenstern. Der Morgen dämmerte herein. An den Wänden hingen Bilder, die, so schien's mir, nicht viel Ähnlichkeiten hatten mit dem, was sie vorstellten. Der Zeiger der Wanduhr stand auf halb sieben. Es war noch nicht aufgeräumt. Ein Geruch von gebrannten Kaffeebohnen machte sich bemerklich.

Noch halb und halb in Verwirrung stolperte ich die dunkele Treppe hinunter. Behutsam drückte ich eine Türe auf. Es war ein matt erhelltes Zimmer mit roten Vorhängen. Auf einem goldenen Thrönchen saß die schönste der Frauen, ein Abbild meiner angebeteten Elise. Ich warf mich zu ihren Füßen. Anmutig lächelnd öffnete sie die Lippen.

Und wieder vernahm ich eine Stimme, aber sanft und lieblich, und es klang wie Flötentöne, als sie rief:

»Eduard steh auf, der Kaffee ist fertig!« –

Ich erwachte. Meine gute Elise, unsern Emil auf dem Arm, stand vor meinem Bette.

Wer war froher als ich. Ich hatte mein Herz wieder und Elisen ihr's und dem Emil sein's, und, Spaß beiseit, meine Freunde, nur wer ein Herz hat, kann so recht fühlen und sagen, und zwar von Herzen, daß er nichts taugt. Das Weitere findet sich.

Hiermit beschloß Freund Eduard die Geschichte seines Traumes. Mit der größten Nachsicht hatten wir zugehört. Wir erwachten aus einer Art peinlicher Betäubung, in die man ja immer zu verfallen pflegt, wenn einer einem länger was vordröhnt, ohne daß man Gelegenheit findet, sein Wörtchen mit dreinzureden. Wir waren auch sonst nicht so befriedigt, wie es wohl wünschenswert. Wir hatten doch mancherlei Dinge vernommen, die dem Ohre eines feinen Jahrhunderts recht schmerzlich sind. Wozu so was? Und dann ferner. Warum gleich lumpig einhergehen und es jedermann merken lassen, daß die Bilanzen ein Defizit aufweisen? Würde es nicht vielmehr schicklich und vorteilhaft sein, sich fein und patent zu machen, wie es der Krecht des »Hauses« erfordert, dem als Teilhaber anzugehören wir sämtlich die Ehre haben?

Übrigens ist es nicht schlimm mehr, nun die Sache gedruckt ist; denn, man mag sagen, was man will, der passendste Stoff, um Schrullen, die sich nun mal nicht unterdrücken lassen, auf das bescheidenste drin einzuwickeln und im Notfall zu überreichen, ist der Stoff des Papiers.

Ein Buch ist ja keine Drehorgel, womit uns der Invalide unter dem Fenster unerbittlich die Ohren zermartert.

Ein Buch ist sogar noch zurückhaltender als das doch immerhin mit einer gewissen offenen Begehrlichkeit von der Wand herabschauende Bildnis. Ein Buch, wenn es so zugeklappt daliegt, ist ein gebundenes, schlafendes, harmloses Tierchen, welches keinem was zuleide tut. Wer es nicht aufweckt, den gähnt es nicht an; wer ihm die Nase nicht grad zwischen die Kiefern steckt, den beißt's auch nicht.

Bd. 85 *Essays*, Michel de Montaigne, Bd. 86 *Franz Sternbalds Wanderungen*, Ludwig Tieck, Bd. 87 *Fräulein Else*, Arthur Schnitzler, Bd. 88 *Frühlings Erwachen*, Frank Wedekind, Bd. 89 *Gedanken*, Blaise Pascal, Bd. 90 *Gefährliche Liebschaften*, Pierre-Ambroise-François Choderlos de Laclos, Bd. 91 *Gegen den Strich*, Joris-Karl Huysmany, Bd. 92 *Geschichte des Fräuleins von Sternheim*, Sophie v. La Roche, Bd. 93 *Geschichte vom braven Kasperl und dem Annerl*, Clemens Brentano, Bd. 94 *Geschichten aus dem Wienerwald*, Ödön v. Horváth, Bd. 95 *Glanz und Elend der Kurtisanen*, Honore de Balzac, Bd. 96 *Glück und Unglück der berühmten Moll Flanders*, Daniel Defoe, Bd. 97 *Götz von Berlichingen*, Johann Wolfgang v. Goethe, Bd. 98 *Gullivers Reisen*, Jonathan Swift, Bd. 99 *Heidis Lehr und Wanderjahre*, Johann Spyri, Bd. 100 *Heinrich von Ofterdingen*, Novalis, Bd. 101 *Hiob Roman eines einfachen Mannes*, Joseph Roth, Bd. *102 Immensee*, Theodor Storm, Bd. 103 *Iphigenie auf Tauris*, Johann Wolfgang v. Goethe, Bd. 104 *Italienische Märchen*, Clemens Brentano, Bd. 105 *Ivannhoe*, Walter Scott, Bd. 106 Jahrmarkt der Eitelkeiten, William Makepaece Thackeray, Bd. 107 *Jane Eyre*, Charlotte Brontë, Bd. 108 *Jugend ohne Gott*, Ödön v. Horvath, Bd. 109 *Jürg Jenatsch*, Conrad Ferdinand Meyer, Bd. 110 *Kabale und Liebe*, Friedrich v. Schiller, Bd. 111 *Kasimir und Karoline*, Ödön v. Horvath, Bd. 112 *Kinder- und Hausmärchen*, Gebrüder Grimm, Bd. 113 *Kleiner Mann, was nun*, Hans Fallada, Bd. 114 *König Alkohol*, Jack London, Bd. 115 *Krambambuli*, Marie Ebner-Eschenbach, Bd. 116 *Lausbubengeschichten*, Ludwig Thoma, Bd. 117 *Lavinia - Pauline - Kora*, George Sand, Bd. 118 *Leben und Lüge*, Detlev von Liliencron, Bd. 119 *Lebensansichten des Katers Murr*, ETA Hoffmann, Bd. 120 *Lenz. Der hessische Landbote*, Georg Büchner, Bd. 121 *Lieutenant Gustl*, Arthur Schnitzler, Bd. 122 *Lord Jim*, Joseph Conrad, Bd. 123 *Luise*, Johann Heinrich Voß, Bd. 124 *Madame Bovary*, Gustave Flaubert, Bd. 125 *Märchen*, Wilhelm Hauff, Bd. 126 *Maria Stuart*, Friedrich v. Schiller, Bd. 127 *Max Havelaar*, Multatuli, Bd. 128 *Meister Floh*, ETA Hoffmann, Bd. 129 *Michael Kohlhaas*, Heinrich v. Kleist, Bd. 130 *Minna von Barnhelm*, Gotthold Ephraim Lessing, Bd. 131 *Moby Dick*, Hermann Melville, Bd. 132 *Nathan, der Weise*, Gotthold Ephraim Lessing, Bd. 133-1 und 133-2 *Nils Holgersson wunderbare Reise*, Selma Lagerlöf, Bd. 134 *Niels Lyne*, Jens Peter Jacobsen, Bd. 135 *Nußknacker und Mausekönig*, ETA Hoffmann, Bd. 136 *Oliver Twist*, Charles Dickens, Bd. 137 *Onkel Toms Hütte*, Herriett Beecher Stowe, Bd. 138 *Peter Schlemihls wundersame Geschichte*, Adalbert v. Chamisso, Bd. 139 *Peterchens Mondfahrt*, Gerdt v. Bassewitz, Bd. 140 *Pinocchio*, Carlo Collodi, Bd. 141 *Reinecke Fuchs*, Johann Wolfgang v. Goethe, Bd. 142 *Rheinmärchen*, Clemens Brentano, Bd. 143 *Rinaldo Rinaldini*, Christian August Vulpius, Bd. 144 *Robinson Crusoe*, Daniel Defoe, Bd. 145 *Romeo und Julia*, William Shakespeare Bd. 146 *Schach von Wuthenow*, Theodor Fontane, Bd. 147 *Schachnovelle*, Stefan Zweig, Bd. 148 *Schatzkästlein des rheinischen Hausfreundes*, Johann Peter Hebel, Bd. 149 *Schelmuffskys Reisebeschreibung*, Christian Reuter, Bd. 150 *Schloss Gripsholm*, Kurt Tucholsky, Bd. 151 *Siebenkäs*, Jean Paul, Bd. 152 *Sternstunden der Menschheit*, Stefan Zweig, Bd. 153 Tao te king, Laotse, Bd. 154 *Till Eulenspiegel*, Hermann Bote, Bd. 155 *Tolldreiste Geschichten*, Honorè de Balzac, Bd. 156 *Tom Jones, Geschichte eines Findelkindes*, Henry Fielding, Bd. 157 *Tom Sawyers Abenteuer und Streiche*, Mark Twain, Bd. 158 *Troquato Tasso*, Johann Wolfgang v. Goethe, Bd. 159 *Traumnovelle*, Arthur Schnitzler, Bd. 160 *Trost der Philosophie*, Boethius, Bd. 161 *Über den Umgang mit Menschen*, Adolph Freiherr v. Knigge, Bd. 162 *Uli der Knecht*, Jeremias Gotthelf, Bd. 163 *Uli der Pächter*, Jeremias Gotthelf, Bd. 164 *Ungeduld des Herzens*, Stefan Zweig, Bd. 165 *Ut oler Welt*, Wilhelm Busch, Bd. 166 *Vater Goriot*, Honorè de Balzac, Bd. *167 Väter und Söhne*, Ivan Sergejeviç Turgenev, Bd. 168 *Verlorene Illusionen*, Honorè de Balzac, Bd. 169 *Von der Freiheit eines Christenmenschen*, Martin Luther – Bd. 170 *Von der Ursache, dem Prinzip und dem Einen*, Bruno Giordano,

Von demselben Autor/Herausgeber sind bei BOD bereits erschienen:

Alle Tage Feiertage
ISBN 978-3-7386-0409-2, 280 S.
Allerlei Anlässe zum Aktionieren, Feiern und Gedenken

100 Kinderlieder
ISBN 978-3-7322-3024-2, 112 S.
100 Kinderlieder, altbekannt und immer wieder gern gesungen

Liederbuch (Deutsche Volkslieder)
ISBN 978-3-8423-6702-9, 312 S.
300 Volkslieder aus 8 Jahrhunderten und aller Herren Länder

Sagen und Erzählungen aus Marburg und Oberhessen
ISBN 978-3-7347-8909-0 , 164 S.
Allerlei Schwänke und Geschichten aus dem Marburger Land

Tausenderlei über die Freiheit
ISBN 978-3-7322-9721-4, 140 S.
Mehr als 1000 Zitate, Bonmots und Aphorismen über die Freiheit

Tausenderlei über das Glück
ISBN 978-3-7322-5525-2, 160 S.
Mehr als 1000 Zitate, Bonmots und Aphorismen über das Glück

Tausenderlei über die Liebe
ISBN 978-3-8423-7474-4, 140 S.
Mehr als 1000 Zitate, Bonmots und Aphorismen zum Thema Nr. Eins

Weihnachtsgedichte– Verse, Reime und Gedichte zum Fest
ISBN 978-3-7347-6393-9, 352 S.
290 Werke bekannter und unbekannter Dichter zum Weihnachtsfest

Weihnachtsgeschichten - Erzählungen und Märchen
ISBN 978-3-7347-6404-2, 392 S.
85 kurze und lange Texte zur Weihnachtszeit

Weihnachtsgeschichten 2
ISBN 978-3-7481-7533-9, 360 S.
35 kürzere und längere Geschichten zur Weihnacht

100 Weihnachtslieder
ISBN 978-3-7322-3375-5, 112 S.
100 Weihnachtslieder aus der Heimat und der ganzen Welt

Lob und Tadel an tessitore@web.de